サイレント・ヴォイス
行動心理捜査官・楯岡絵麻

佐藤青南

宝島社
文庫

宝島社

目次

サイレント・ヴォイス　行動心理捜査官・楯岡絵麻

「見るための目を持ち、聞くための耳を持つ彼は、秘密を保つことのできる人間はいないと思い込むかもしれない。もし彼の唇が沈黙するならば、彼は指先でおしゃべりする。裏切りは彼のあらゆる毛穴から漏れ出す」

——ジークムント・フロイト

第一話

YESか脳か

1

「ところでさっきから気になってたんだけどさ、お姉さん、歳いくつなの？」

「いくつに見える？」

「来たよ、質問に質問返し、参ったわぁ……えっとね、二十六！　いや、五！」

「ブーッ、残念でした。でもそんなに若く見えるなんて嬉《うれ》しいな」

「ってことは、もっと……上、ってことだよね、ね」

「もういいじゃない。レディーに歳を訊《き》くなんて失礼よ」

「そりゃないよぉ。ここまで来てお預けはないでしょ」

まるでキャバクラの客とホステスだ。背後のやりとりに西野圭介《にしのけいすけ》はうんざりと息をついた。こんな内容でも記録するべきなのだろうか。逡巡《しゅんじゅん》をよそに、条件反射的にキーボード上を駆けてしまう指先が恨めしい。

「まじで？　お姉さんおれよりひとまわりも上なの？　ってことは——」

「はいはいはい、それ以上は禁止ぃっ」

男の笑いが弾《はじ》けた。妙に甲高い声が耳障りで、思わず眉をひそめてしまう。

毎度のことながら信じられない。これが取り調べ中の会話だなんて——。

警視庁本部庁舎の取調室。西野は肩を窄《すぼ》め、揃《そろ》えた膝をデスクの下に押し込むようにしながら壁際でノートパソコンに向かっている。窓の無い三畳ほどの小部屋は、その殺風景な造りとは裏腹な親密さで溢《あふ》れていた。背後のデスクを挟んだ男女の繰り広げる、どう考えても場違いな会話のせいだ。

「いいじゃんいいじゃん、教えてよ」

男のほうは崎田《さきた》博史《ひろし》、二十三歳。自称アルバイト。調子こいているが被疑者。

「どうしよっかなあ」

女のほうは楯岡《たておか》絵麻《えま》。信じ難いことに刑事。自称二十八歳。西野が捜査一課に配属された三年前からずっと二十八歳だったおかげで、とうとう後輩の西野と同年齢ということになってしまった巡査部長だ。

「西野、お茶淹《い》れて」

その割りにはえらく序列がはっきりしているが。

西野は渋々と立ち上がり、扉のそばの小さなテーブルに伏せられた湯飲みを取った。

「西野ちゃん、おれもおれも」

被疑者の気安い調子に頬が引きつる。

「なんだと、こら」

振り向きざまに威嚇してやると、崎田が顔を強張らせた。つんつんに立てた金髪にアロハシャツの胸もとをはだけさせ、ワイドジーンズを腰穿《こしば》きして突っ張ってはいるものの、それが気弱な自分を隠すための鎧《よろい》に過ぎないことを、制服警官時代に何度となく重ねた職務質問の経験から西野は学んでいる。集団ではいきがっていても、一人になるととたんに従順になるようなタイプだ。

しかし自分の立場を思い出したらしい被疑者の態度も長くは続かない。ほかならぬ捜査一課の巡査部長が、被疑者の側についてしまうからだ。

「ちょっと西野、あんた被疑者怖がらせてんじゃないの。ただでさえ怖い顔なんだから」

湯飲みをデスクに置くときに、楯岡から尻を叩《たた》かれた。

「そうそう西野ちゃん。顔が怖いよ、スマイル、スマイル」

崎田が両手の人差し指で自分の頬を吊《つ》り上げ、にかっと八重歯を覗《のぞ》かせる。

「きっさまぁっ……」

「西野っ」

西野のいからせた両肩がびくんと跳ね上がり、落ちた。

パンスーツのすらりと伸びた脚を組んだ楯岡が、身体をひねってこちらを見上げている。街を歩けば誰もが振り向くほどの美貌。それなのに、なぜか大学時代に散々しごかれた意地の悪い柔道部の先輩の面影が重なり、全身を緊張の針金が貫いた。

「でも……楯岡さん」

それでも懸命に反論しようとする意思はいつも呆気《あっけ》なく撥《は》ね返され、容赦なくへし折られ、完膚なきまでに叩きのめされた挙げ句に蹴散らされる。

「さっさと自分の仕事に戻りなさい」

「しかし、ですね……」

「なに」

普段は綺麗《きれい》なアーチを描く眉が歪《ゆが》む。眉間に刻まれた深い皺《しわ》が鋭い刃物の切っ先のように思えて、西野の呼吸は止まった。これでは誰が被疑者なのかわからない。理不尽な仕打ちへの怒りがこみ上げる。

「あんた、私のやり方になんか文句でもあるわけ」

もちろんあるさ、文句だらけだ——。

思ったが、言葉が喉につっかえた。反射的にかぶりを振ってしまう自分が嫌になる。

「いや……そういうわけじゃ」

「それなら、早いとこあっち行ってよ。時間ないんだから」

顎をしゃくって追い払われた。

西野は仏頂面で椅子を引き、ディスプレイに向かった。

いつものことながら納得がいかない。ここまで被疑者を持ち上げる必要があるのか。楯岡は取調室に入るなり「きみが崎田博史くん？　よろしく」と握手を求めた。「なかなかイケメンじゃない」とおだてもした。その後は例のごとくキャバクラトーク。おかげで被疑者はすっかり上機嫌だ。

「でもさあ、こんな美人の刑事さんがいたとはなあ。驚きだよ。ほんと美人だよね」

茶を啜《すす》る音に続く気持ち良さそうな唸《うな》り。くそったれが。

「なにそれ、いつもそうやって女の子口説いてるわけ」

「いやいやそんなことないって、お姉さんドンピシャでおれのストライクゾーンだもん。彼氏とか、いるの？」

いてもいなくてもおまえには関係ねえよ、くそったれ。

「それがさあ、つい最近別れちゃったんだよね。三十八歳、商社マン」

「えっ、なんでこんな美人と別れるかなあ……意味わかんね。じゃあおれ、立候補しちゃおうかな」

おまえなんかの手に負えるタマじゃねえし！

くそったれ！　くそったれ！　アホアホアホッ！

感情的な西野の呪詛《じゅそ》は、しかしたしかに客観的事実でもあった。

栗色のパーマヘアの柔らかい印象と猫のような瞳の愛嬌《あいきょう》に騙《だま》されてはいけない。その容姿自体が、捜査一課の取り調べにおける最終兵器・楯岡絵麻の武器であり、罠《わな》だった。

被疑者の自供率百パーセント。下の名前をもじった「エンマ様」という通称には、その取り調べの手腕にたいする男どもの敬意と嫉妬がこめられている。取り調べは警部・警部補クラスが行なうという警視庁の慣例を無視して一介の巡査部長に次々と重要な取り調べが任されるのだから、周囲のやっかみも当然だ。「エンマ様」の評判はいまや刑事部長を通り越して、警視総監にまで届いているという。

それでも――今回ばかりは西野も焦っていた。

むろん、楯岡の手腕に疑問の余地はない。方法に不満はあるが遅かれ早かれ、間違いなく崎田は落ちる。しかし時間がなかった。早いうちに自供を引き出さないと、人質の生命が危ない。

いや、ことによるとすでに……。

暗い予感を打ち消そうと、西野は唇を引き締めた。

大田区平和島《へいわじま》にあるスーパーの駐車場で会社経営者富田正道《とみたまさみち》氏の長女、三歳の優果《ゆか》ちゃんが姿を消してから、すでに三日が経過していた。

「だからさ、なんでおれがこんなとこに連れて来られるのか、わかんないんだよね」

崎田がしきりに首をひねってとぼける。逮捕以来ずっとこの調子で、犯行への関与を完全に否認していた。

優果ちゃんの失踪以来、富田家には数度にわたって脅迫電話があった。要求された身代金は二千万。富田家に置かれたＳＩＴ（捜査一課特殊犯捜査係）の前線本部は取り引きを引き延ばしながら電話の逆探知を続けた。その結果、発信元は新宿、渋谷、杉並区内のいくつかの公衆電話と特定された。あらかじめ逆探知を想定していたのか、犯人は毎回電話する場所を変えているようだ。

大森北《おおもりきた》署の特別捜査本部は都内の公衆電話をピックアップし、そのすべてに私服警官を張り込ませた。ただし発信元を押さえても、不審者への不用意な接触は禁物だ。電話をかける人間はたんなる連絡役に過ぎず、ほかに仲間がいる可能性もある。張り込みの警官には「触るな」という指示が与えられた。不審者を尾行し、アジトを突き止めろという命令だ。

ところが西新宿《にししんじゅく》地下通路の公衆電話を張り込んでいた私服警官は、崎田の身柄を拘束してしまった。崎田に仲間がいた場合を考えると人質の殺害、逃亡という最悪の可能性が浮上する。そのため一刻も早くアジトの場所を突き止め、人質を保護する必要があった。

「うんうん、そうよね。ただ電話かけていただけなのにいきなり強面《こわもて》のおっさんたちが近づいてくるんだから、逃げたくもなるわよね」

楯岡の取り調べは被疑者への同調から始まる。そういう取り調べをする刑事はほかにもいるが、楯岡のそれは度を越していた。図に乗る被疑者に、いつも歯痒《はがゆ》い思いをさせられる。

「そうだよ。誘拐とかなんとか、意味わかんないって。おれの前に電話を使っていたやつがいたから、そいつのことなんじゃないの……きっとそうだよ。間違いない、あいつだよ」

それが崎田の一貫した主張だった。友人に電話しようとしただけ。受話器を置くと不審な男たちが歩み寄ってきたので、とっさに逃げ出した。警察だとは思いもよらなかった。

そんなはずがないだろうがっ——。

西野は被疑者の胸倉を摑《つか》んで恫喝《どうかつ》したい気分だった。

だが、張り込み担当者が刑事ではなかったのが痛いところだ。該当の公衆電話を張り込んでいたのは、警務課所属の警察官だった。

折も折、歌舞伎町の飲食店から出されたポリバケツから、黒いビニール袋に入ったバラバラ死体が発見されたという事件が世間を騒がせていた。特捜本部に多くの捜査員を投入した西新宿署刑事課は、誘拐事件の対応には警務課に応援を要請せざるをえなかった。

崎田の主張通り、直前にも公衆電話を使用した者がいたのかという問いに、張り込み担当者は曖昧に首をひねるばかりだった。都内に無数にある公衆電話のうち、自分たちが「当たり」を引くはずがないと高を括《くく》り、目を離していたのだ。刑事ならばありえない失態だった。

「じゃあ」

椅子を引く音に続いて、楯岡が訊いた。

「あなたの前に公衆電話を使ったという人物の特徴を、教えてくれない」

「そうだなあ……」

「男だった？　女だった？」

「男だったよ。背はおれよりも少し高かったから、百七十五前後ってところじゃないかな。中肉中背で、やたら色が白かった。あ……顎の下あたりにイボみたいな大きなほくろがあったよ。それに紺色のジャケットだか、ブルゾンだかを羽織っていた。ズボンはブラックデニムだったかな。あとは……そうだな、話してるのをちょっと聞いたんだけど、日本語じゃなかった気がする。言葉の響きからすると、あれは……中国語……うん、そうだ。中国人だった」

ペン先が紙を擦る音が聞こえる。楯岡がメモをとっているらしい。

なんでメモなんかとってるんですか！　そんなの出鱈目《でたらめ》に決まってますよ！

心の叫びを口にすることもできずに、焦りばかりが膨れ上がる。なにもできない自分がもどかしいが、今はただ、的外れに思える楯岡の言動に緻密な計算が隠れていることを信じるしかない。

「ところで、どうして公衆電話を使っていたの。携帯電話ぐらい持っているでしょう」

「スマホってすぐに電池切れちゃうんだよね。あれってどうにかならないのかな」

「たしかにそうね。知らないうちに誰かに電話かけちゃってたりもするし」

「そうそう。あれ勘弁して欲しいよな」

「……で、きみはどこに電話かけてたの」

「友達だよ。あの近くのタリーズで待ち合わせていたんだけど、そいつがいつまで経っても来ないからさ。電話かけてみたんだけど、繋《つな》がらなかったんだ。そしたらいきなり肩を叩かれて、振り向いてみたらやくざみたいなおっさん連中がいるんだから、そりゃ逃げるだろフッーは」

ボールペンの動きを止めて、絵麻は頬杖をついた。

「なるほどね。そうかあ……たしかにきみのいう通りだわ。わかった。すると犯人は、中国人マフィアかなにかかかしら」

「あ……そうか」

「なに、どうしたの」

「いや、そういえばお姉さんって、刑事だったんだなあと思って。あまりにも美人だったから忘れてたけど、その鋭い推理を聞いて思い出したよ。さすがだね」

「まあ、お上手だこと。そうやって何人の女を泣かせてきたの」

「おれなんてまだまだだって。酸いも甘いも嚙《か》み分けたお姉さんに比べれば。ね……よかったら今度、メシでもどう」

「ええっ……でもぉ。私、きみよりもだいぶお姉さんだけど」

「なにいってるんだよ。まだぜんぜんオッケーでしょう。それに、愛に歳の差なんて関係ないって」

——ああっ、もうっ！　頼みますよ、神様仏様エンマ様！

朗らかな談笑を背に、西野はキーボードを叩く指に必死の祈りをこめた。

2

楯岡絵麻はデスクの上で両手を重ね、被疑者の挙動を観察していた。

「ねえねえ、そんなことよりさ」

にやけた顔が近づいてくる。口臭が薄れたのは、口腔内で唾液が分泌され始めたせいだろう。緊張がほぐれた証拠だ。

「その三十八歳商社マンの話、聞かせてよ。どうして別れちゃったの」

「うん」

笑顔で頷《うなず》きながら、絵麻は手応えを握り締めた。

最初に絵麻が取調室に入ったとき、崎田は椅子にふんぞり返り、大きく脚を開いていた。さらにスニーカーの爪先が外側を向き、上体を斜めにして椅子の背もたれに腕を乗せていた。

行動心理学的に分析すると、脚を開いて胸を張る姿勢は自らを大きく見せようとする縄張りの主張。斜めにかしいだ体勢と外側を向く爪先は、早くこの場を立ち去りたいという心理の表われだ。明らかな警戒と不安、緊張、そして対決姿勢。

　ところが今の崎田は取調官に正対し、デスクに両手を置いている。表情もずいぶん柔らかくなった。絵麻が湯飲みをとるタイミングで、同時に湯飲みを手にもした。ミラーリングと呼ばれるこの模倣行動からは、相手に好感を抱き始めていることがわかる。

　取り調べにおける絵麻の生命線は人並み外れた洞察力と、それを裏付けるノンバーバル《非言語》理論だった。無意識下の表情や行動から、相手の本心を読み取るということだ。

「浮気しやがったんだよねえ、そいつ」

　遠い目でため息を吐《つ》いたが、ただ雑談に興じているわけではない。自己開示――自らの秘密を打ち明けることで、相手との心理的距離を縮める会話術だ。

「そりゃひどいやつだね、信じられない」

　応える声に滲《にじ》む同情からも、戦略が功を奏しているのがわかる。

「ま、お互い忙しくてあまり会えなかったからね、しょうがないよ。それに――」

　絵麻は背もたれに身を預け、さりげなく視線を落とした。崎田のスニーカーの爪先が上を向いている。上向く爪先は尻尾を振る犬と同じ。喜びを表わすノンバーバル行動だ。

「私も……嘘《うそ》がわかっちゃうから」

そろそろいくか。絵麻は含み笑いで視線を上げた。

「ああ、女の勘ってやつね」

崎田が訳知り顔で片頬を吊り上げる。

「ううん、それとはちょっと違うんだな、これが。勘っていうよりかぁっ……」

絵麻は人差し指を唇にあて、虚空を見上げた。

「大脳辺縁系との会話」

語尾を疑問形に持ち上げて、にっこりと微笑《ほほえ》む。

「ダイノウ……なにそれ」

無防備に首をかしげる被疑者にたいして、攻撃を開始した。

「人間の脳は大きく三つに分かれるの。大脳辺縁系、大脳新皮質、それに脳幹。これらが三位一体となって、人間の生理や行動を管理しているというわけ」

いきなり開始された講義に戸惑うのも当然だろう。眉を上げ、鼻孔をわずかに広げた崎田の表情から、動揺が伝わってくる。

「このうち脳幹は人間の基本的な生命維持の機能を果たしている。そして大脳辺縁系は感情を、大脳新皮質は思考をつかさどっているの」

「な、なにいってんの」

半開きの口から漏れた言葉は無視した。

「人間の脳の大きな特徴は、大脳新皮質が発達していることなの。そのために言葉を介した複雑なコミュニケーションが可能になっている。ところが複雑すぎて、本心とは逆の意思表示をすることもできる。つまり嘘をつくってこと。原始的本能的な反射を見せる大脳辺縁系を正直な脳とすれば、大脳新皮質は嘘つきな脳といえるかもしれないわね」

たとえばと、絵麻はいったん視線を彷徨《さまよ》わせた。顔の近くで人差し指を立て、小さな円を描くように動かす。やがて指先を、ぴたりと相手の顔に向けた。

「きみ、富田さんのお宅に脅迫電話をかけたよね」

「えっ……なに……」

崎田はまだ絵麻が敵だと理解できていない。初頭効果。人間の印象は初対面の四分間で決定づけられるため、最初の好印象を脳が覆すまでには時間がかかるのだ。

「富田さんのお宅に電話かけたの、きみでしょう」

「違うって、さっきからいってるじゃん」

崎田が勢いよくかぶりを振った。にもかかわらず絵麻は両手を広げ、やれやれと肩をすくめてみせる。

「ほらね、嘘だ。わかっちゃうんだもん」

「なにを根拠にそんなことを……」

「だってきみ、頷いたじゃない」

「頷いてねえよ。こう……やったじゃないか」

崎田が再度かぶりを振る。

「その直前に、一瞬だけ頷いたんだよ。気づいてないかもしれないけど」

「なんだと」

「いい？」絵麻はデスクに胸を引き寄せた。

「きみが顔を左右に振ったのは大脳新皮質による反応。新皮質は思考をつかさどる脳だから、情報を理解して肉体に命令を伝達するまでに時間がかかるの。感情をつかさどる、原始的な大脳辺縁系の反射よりもね。ほんのわずかな時間よ、ほんの、ちょっとだけ」

人差し指と親指で輪を作り、指と指の間に少しだけ隙間を空ける。片目を瞑《つぶ》って指の輪から覗き込んでみると、蒼《あお》ざめた顔が見えた。

「人は大脳新皮質によって言葉では嘘をつけれど、完全に嘘をつき通すことはできない。それよりも先に、大脳辺縁系の反射で肉体が反応してしまうから。五分の一秒だけ表われるその微細行動——マイクロジェスチャーを注意深く観察することによって、私は嘘を見破ることができる。三十八歳商社マンだろうと、初対面のきみだろうと、誰だろうとね」

絵麻の語尾が憂鬱そうに湿ったのは、別れた恋人のことを思い出したからだ。浮気なんかしていないといい張る恋人——今となっては元恋人は、そのときしきりに首を触っていた。嘘をつく人間が見せる、典型的ななだめ行動だ。

本心と異なる発言をすることは、人間にとって少なからず不安や緊張を伴う。目もとを覆う。鼻を触る。髪の毛を弄《もてあそ》ぶ。舌で唇を湿らせる。貧乏揺すりをする。嘘をつくことによる心理的ストレスを解消しようとするのが、なだめ行動だ。なだめ行動を見極めることによって、発言の真偽を推し量ることが可能になる。

ただしなだめ行動を判別するには、相手の普段の癖を把握する必要があった。たとえば貧乏揺すりが即、嘘をついている証《あかし》にはならない。たんなる癖である可能性も残されている。

絵麻が被疑者と打ち解けたふりをするのは平常時の相手の癖を把握し、真実と嘘を選り分けるためのサンプリングだった。

取り調べ開始から二十分。材料は揃った。取り調べは素材を調理する段階に移っている。

「くだらない。なんなんだいったい」

崎田がデスクから手を引いた。だらりと腕を下ろし、椅子の背もたれに体重を預ける。

「心理的逃走ね」

腕組みで指摘すると、「なんだよ、今度は」相手の声が尖《とが》った。

「危険を察知した動物の行動は、三つの段階を踏むといわれているの。フリーズ——硬直、フライト——逃走、ファイト——戦闘……三つのFね。嘘を指摘されたきみは最初、驚きのあまり硬直した。そして今は二番目のF、フライト——逃走の段階にある。今そうやって顔を背けているのも、嘘を暴かれるのが怖くて逃げ出したいという心理の表われよ」

「馬鹿馬鹿しい」

手を払う崎田の左膝は、小刻みに上下していた。リラックスしていたときには見られなかった動作だ。

「そうかしら。それはこれからわかるわよ」

絵麻は不敵に微笑む。

「富田優果ちゃんを、知っているわね」

質問というより、確認の口調だった。

「知らねえよ」

低い声で威圧する崎田と見つめ合った。瞬きで目を閉じる時間が、さっきまでよりわずかに長い。嘘だとわかった。

「知っているのね。優果ちゃんは無事なの」

「だから知らねえっていってるだろうが」

今度は喉もとをかいている。急所である首を保護しようとするなだめ行動。やはり嘘だ。崎田が事件に関与しているのは間違いない。

「私のいったことを繰り返してくれない？　優果ちゃんは生きている」

「なんなんだよ、それは。意味わかんねえし」

「事件と関係ないなら別にいいでしょう。いってみて。優果ちゃんは生きている」

後頭部をかきむしるなだめ行動を見せていた崎田が、やがてぞんざいに吐き捨てた。

「優果ちゃんは生きている……これでいいのかよ」

その瞬間、全身に血の通う感覚があった。発言する崎田になだめ行動は見られなかった。人質は無事だ。少なくとも崎田の身柄拘束の時点では、殺害されていない。

「誘拐の実行犯はあなた？」

質問を続けた。

「違う」

崎田は否定した後、慌てて「知らねえっていってんだろ」とつけ加えた。後半は声が震えているが、前半は真実のようだ。つまり実行犯は別にいる。複数犯か。

「仲間は何人？」

すかさず畳みかけた。

「あんたなんなんだよ。勝手に話進めんなよ」

小鼻のわずかな膨らみ。逃走や戦闘に備えて、肉体が酸素を欲している。

緊張、不安、怒り。そして恐怖――。

頬を触る仕草はなだめ行動ではない、たんなる癖。サンプリングの成果が表われた。

「仲間は、一人？」

絵麻は正面に腕を突き出し、人差し指を立てた。

「それとも、二人？」

ゆっくりと二本目の指も添える。

黒目をわずかに動かし、逃げ場を求めるマイクロジェスチャー。わかった。仲間は二人。

「だからおれは関係ねえっていってるだろうが！」

怒鳴り声にも、絵麻は微動だにしない。

「三番目のF――戦闘。ついに余裕がなくなったわね」

掲げたピースサインが図らずも勝利宣言になった。忌々しげな舌打ちが返ってくる。

「仲間はあと二人いるのね」

返事はなかった。崎田は目を閉じてうつむき、自分を抱く。

「黙秘……というわけか」

被疑者の頑《かたく》なな態度で、闘争心に火が点《つ》いた。

「残念でした。もっと早くにそうしていればよかったのかもしれないけれど、もう……遅すぎるのよねえっ」

いやらしく語尾を伸ばしながら、腹の底から昂《たかぶ》りがこみ上げる。

絵麻は獲物を追い詰める肉食獣の心境だった。

3

「アジトはどこかしら」

黙秘を続ける被疑者に視線を向けたまま、背後に右手を伸ばした。

慌ただしく足もとのバッグを探った西野が、絵麻の手の平に冊子を載せる。

東京都の住宅地図だった。

「ま……いいたくないいなら別にかまわないいんだけど」

絵麻はデスクの上で、東京都全域が描かれた広域地図の頁を開いた。

「よろしくね、大脳辺縁系ちゃん」

かわいらしく小首をかしげると、崎田の眉根に皺が寄る。怒り、不安、緊張、恐怖。

返事はなくとも、そのマイクロジェスチャーだけでじゅうぶんだった。

「荒川区、足立区、練馬区、江東区……」

東京二十三区の名前を読み上げながら、相手の反応を注意深く観察する。

「中野区」で、瞼《まぶた》をきつく瞑るマイクロジェスチャーが表われた。

「中野区」

もう一度やってみても結果は同じだ。中野区で間違いない。

「中野区のどこかしら」

今度は中野区の詳細な地図の頁を開き、町名を読み上げる。

「東中野《ひがしなかの》一丁目」で、頬が引きつるマイクロジェスチャーが表われた。

「ふうん、東中野一丁目……ね。最寄り駅はJR中央本線の東中野駅ってことで、いいのかしら」

唇を内側に巻き込むマイクロジェスチャー。東中野駅の近くと解釈していいようだ。

「東中野駅には西口と東口、二つの出口があるわね。どっちから出ればいいの」

返事はないが、言葉による返答など最初から期待していなかった。

「西口……」

鼻をすると同時に、崎田が鼻に皺を寄せた。これはたんに鼻をすっただけなのか。それとも、なだめ行動なのか。続いて絵麻が「東口」と口にしたところで、答えははっきりした。今度はなにも反応がなかったからだ。つまり鼻に皺を寄せる仕草は、なだめ行動だったことになる。

「西口の改札を出て、右？　それとも……左？」

崎田は目を閉じたまま、ゆっくりとかぶりを振り続けている。なにが起こっているのか理解できず、混乱している様子だ。左膝の貧乏揺すりが、速く、大きくなっている。

「右なの？　左なの？」

本人に自覚はないだろうが、「左」と聞いたところでかすかに顎が上下する。

「左……か」

そこで崎田の瞼が開いた。持ち上がろうとする眉の動きを抑制しようとするために、額の筋肉が不自然に痙攣《けいれん》している。驚愕《きょうがく》の表情だ。

「東中野駅西口改札を出て左……そうなんでしょう」

「なんのことだか、さっぱりわからねえな」

無自覚な頷きのマイクロジェスチャーを見せた後、崎田がデスクに突っ伏した。女刑事が仕草や表情の変化から真実を手繰り寄せていることに、薄々勘づいたらしい。

懸命な抵抗を試みる被疑者に、絵麻はふっと嘲笑を浴びせた。

「西口改札を左に出たら道が左右に分かれているわね。ここではどっちに進んだらいいのかしら。右？　それとも左？」

腕に顔を埋める崎田の表情はわからない。それでも「左」というところで、耳がかすかに動いた。奥歯を噛んだせいで、こめかみに力が入ったようだ。

地図の上に置いた人差し指を、大脳辺縁系の道案内通りに動かした。

「左手に駐輪場がある。そして、真《ま》っ直《す》ぐに延びている道と、右に曲がる道がある。ここではどっちに行けばいいの。右折する？」

崎田の前髪が小さく揺れた。目をきつく閉じるマイクロジェスチャーが、頭皮を動かしたらしい。

「了解。右折するわね」

絵麻は紙の上で人差し指を滑らせた。

するとデスクに重ねた腕の中から、こもった声の抗議が聞こえた。

「おれは……なにもいってないぞ」

「そんなのわかってるわよ。ちゃんと耳は聞こえているもの。ねえ、西野。あんた被疑者がなにかいってるの、聞こえた？」

振り向くと、ここぞとばかりに弾んだ声が応じた。

「いいえ、聞こえませんでしたけど」

小学校から続けているという柔道のせいで分厚く変形した耳たぶを触りながら、西野が白々しく首をかしげる。

「ほらね。私も西野も、きみがなにかいっているとは思ってないから」

絵麻が肩をすくめると、崎田は顔を腕に押しつけるように頭を左右に動かした。わずかに覗く額が、怒りと屈辱に赤く染まっている。

「駅を出て左、それからすぐ右の路地に入ると、交差点があるわね。右、左、直進。どうすればいいの。教えて」

「右だよ……」

腕の中で呟《つぶや》く声は無視した。

「右……左……真っ直ぐ」

「真っ直ぐ」で崎田の頭がぴくりと浮き上がる。自分の腕を摑む力が強くなり、収縮した筋肉が頭を押し上げたのだ。

「ここは真っ直ぐなのね」

人差し指を動かす。すると崎田が弾かれたように顔を上げた。とってつけたような笑顔を見せながら、両手を上げて降参の意を示す。

「わかったよ。参った、白状するさ。新宿で知らない男に声をかけられて、金をやるから富田ってやつの家に脅迫電話をかけてくれって頼まれたんだ。だからその優果ちゃんとかいう女の子が、どこにいるのかはおれは知らない。ただいわれた通りに
——」

「黙って」

なだめ行動だらけの自白を一蹴した。

「な……なんでだよ。あんた、おれの話を聞きたかったんだろう」

崎田が目をぱちくりとさせる。

「私はきみと話してないの」

「なにを……せっかく人が情報を――」

「邪魔しないで」

「邪魔なんか――」

「いいから黙ってて。きみの証言なんか、最初から信じてない。身長百七十五センチ前後で中肉中背。色白。顎の下に大きなほくろ。紺色のブルゾンにブラックデニムを着た中国人ふうの男……そんな人間、実在しないんでしょう」

証言する被疑者の指先が髪の毛を弄び始めたときに、この男の話には耳を傾ける価値がないと判断した。

絵麻はデスクの上のメモ用紙をとり、崎田に向けて差し出した。証言を聞きながら熱心にペンを走らせていたはずのその紙面には、筆圧の強い字が書き連ねられていた。

嘘、ウソ、うそ。

何度も同じ筆跡をなぞったせいで、紙が破れて穴が開いてしまっているところもある。

「なんだよ……これは」

筆跡から滲み出る怨念に怯《おび》えるように、崎田の声がかすれた。

「きみがあまりにも嘘八百を並べ立てるものだから、むかむかしてこうでもしないと笑顔でいられなかったってわけ。心理学的に表現すると、防衛機制の中の『置き換え』ってやつね。人間は満たせない欲求を、ほかのものに置き換えることで充足を得ようとする。きみをぶん殴れない不満を、私はこのメモ用紙にぶつけていたってこと」

絵麻は苛々と髪の毛をかく。

「今、こうやって私が髪をかいているのも『置き換え』の一例……って、自分で自分の行動を分析してちゃ世話ないわね」

手の平をデスクに打ち付けた。

「とにかく時間がないの。きみとくだらない与太話をしている暇はない。交差点を直進して、次の交差点ではどっちに行けばいいの。右？　左？　それともまた真っ直ぐ？」

「さっきもいったじゃないか。おれは新宿で知らない男に――」

「右なの」

地図の上に人差し指を置いたまま、身を乗り出して崎田に顔を近づける。

「おれは知らないんだ」

「左なの」

「何度同じことをいわせるつもりだ」

頷くマイクロジェスチャー。どうやら左か。

念のために確認しておく。

「真っ直ぐなの」

「知らねえよ、もう勝手にしてくれ」

なだめ行動なし。左で間違いない。地図上で人差し指を動かしながら問いかける。

「次の交差点は、右……左……直進、どれかしら」

どの言葉にもなだめ行動が見られない。

と、いうことは。

「次の交差点までは、行かない。アジトはこの並びにあるのね」

目を見開いた崎田の小鼻が膨らむ。驚愕、恐怖。

「おれは……なにも、知らない」

苦しげに呻《うめ》く被疑者を、冷たい声で突き放した。

「だからさっきからいってるじゃない。私はきみと話してない。きみの大脳辺縁系と会話しているの。きみは黙っていいから」

質問を続けた。崎田は呆然《ぼうぜん》としたまま、一言も発しなかった。しかし絵麻にとっては雄弁すぎる沈黙だった。

「アジトは東中野一丁目七十三の十二、高田アパート一〇一号室。仲間は二人……と」

そこまで導き出すのに言葉は不要だった。

「これお願い、本部に」

「了解」

走り書きのメモを受け取った西野が、慌ただしく部屋を飛び出していった。

4

「どうもありがとう」

絵麻が肩をすくめると、うつむいていた顔が持ち上がった。すっかり観念したらしく、さっぱりとした表情だ。

「礼なんかいわれる筋合い、ねえけどな」

「きみにというより、きみの大脳辺縁系へのお礼」

絵麻の微笑みにほだされるように、眼差しに浮かんでいた敵意がほぐれる。

崎田は苦笑いで天を仰ぎ、手の甲を額にあてた。

「まったく……あきれた女だよ、なんでもお見通しってわけか。そりゃ男とも長続きしないわ」

ゆっくりと首を回しながらいう。

「嘘をつかない男を見つければいいだけの話よ」

「ならあんた、一生独身だ。そんな男がいるわけねえ」

「どうかしらね。世の中にはきみみたいな嘘つき男ばかりじゃないわよ」

「その代わり、まったく嘘をつかない馬鹿正直な人間が渡っていけるほど、世の中は甘くねえ。だからあんたは結婚できねえ」

「ご忠告どうも」

笑い飛ばそうとして頬が引きつる。

強引に結婚の話題から遠ざかろうとすると、いつも瞬きが長くなる自覚はあった。

「それよりも」

現実から目を逸《そ》らそうとするなだめ行動だ。

「取り調べはこれからが本番だから」

「ああ、わかってるよ」

崎田が面倒くさそうに顔をしかめ、頭の後ろで両手を重ねた。自分を大きく見せようという縄張り行動だが、もはや虚勢にしかならない。

背後の扉が開き、取調室に戻ってきた西野がノートパソコンの前の定位置につく。

「さあ、ゆっくり話しましょうか。時間はたっぷりあるわ」

これで一山は越えた。ほどなく誘拐犯のアジトは警察に包囲され、人質は救出されるだろう。あとは動機や誘拐方法などについて、じっくりと訊き出していけばいい。

とはいえ「ゆっくり話しましょう」だなんて——。

自分でいっておきながら、絵麻は切なくなる。

考えてみれば、歴代の恋人より犯罪者と過ごす時間のほうが長い。

それってどうなのよ。

「あんたなんかとゆっくり話したくねえ。なんでも話すからさっさと済ませちまおうぜ」

その犯罪者からも嫌われてるし。

絵麻は唇を歪め、不毛な自問自答を追い払った。

「わかったわ……じゃあ、共犯者の名前を教えてくれる」

「三原千種《みはらちぐさ》……おれの彼女だよ。千種はもともと、あの優果ってガキの親父の会社で働いてたんだ。でもリストラされちまってさ。社員をクビにしておきながら、自分たちだけいい暮らしを続けてるあの社長一家が許せなかったんだ。ま、そんなこと関係なく、おれはただ金が欲しかったんだけど」

「じゃあ実行犯は」

「千種だ。会社にいたとき、千種は社長のガキと遊んでやったりしてたから、ガキが一人のときに声をかけても、警戒されることなく車に乗せることができたのさ。もうこうなったらぶっちゃけるけどさ、ガキをさらうまではあいつ一人でやったことなんだよ。いきなりガキを連れて現われたもんだからおれもびっくりしちゃって、成り行きで手を貸すことになったの。な、これってあいつが主犯ってことになるんだろ？だとしたら、おれの罪も少しは軽くなるのかな」

「きみさ、自分の恋人をかばおうという気はないの」

「だってあんたには、嘘は通じないんだろう」

崎田が眉を歪め、卑屈な笑顔を見せる。

軽蔑の眼差しを注ぎながらも、絵麻は崎田の言葉に嘘がないことを確信した。

「じゃあ、ほかには」

「ほかって……ほかにも仲間がいるのか、ってことか。どうやったのかは知らないけど、あんたが割り出したおれたちのアジトに、千種のほかに誰かいるのか……って」

「そういうこと。ほかの共犯者の名前は」

取り調べの過程で導き出した情報では、共犯者は二人いるはずだった。

「いいや。千種とあのガキしかいないよ」

ところがかぶりを振る崎田に、なだめ行動はなかった。

「誰かをかばっているの」

「おいおい、勘弁してくれって。自分の彼女も捕まっちまうってのに、いったい誰をかばうっていうのさ」

否定する声は半分笑いを含んでいる。

絵麻は被疑者に視線を据えたまま、思案を巡らせた。

「今あなたは、共犯者がほかにいたのか、という私の質問を、アジトにはほかに誰かいるのか、という内容に変換した上で答えたわよね」

「変換……っていうか、同じことじゃねえの」

「そんなことはないわ。心理学的に説明すると、あなたは防衛機制における『分離』

と『合理化』を行なった。共犯者の人数とアジトにいる人数が一致しないことを理解した上であえて『分離』し、それが相手の質問であると自分に都合よく『合理化』して回答した」

「そんなややこしいこと、おれの頭でできるわけないじゃんかよ」

「専門用語を理解する必要はないの。心理学用語なんていうのは、もともと無意識な人間の行動を分類して理解するため、便宜上、後づけされた記号に過ぎないんだから」

「なんか……難し過ぎてわけわかんねえや」

乾いた笑い声を出しながら、崎田がこめかみをかいている。

「顔をかく仕草は『置き換え』、私のいっていることが理解できないふうを装うのは『逃避』。どちらも典型的な防衛機制の一例ね」

「いい加減にしてくれ。小難しい御託ばっか並べられても、おれにはさっぱり意味わかんねえんだってばよ」

「さっきもいったように、言葉の意味を理解する必要はないわ。私がいいたいのは、あなたがまだ重要な事実を隠しているということ」

「そんなもん、ねえよ」

視線を逸らす崎田のマイクロジェスチャーが、絵麻に自信を与える。

「あるわ。きみはもう一人の共犯者の存在を隠している。誰かをかばっている」

「かばってなんかいねえって、何度いったらわかんだよっ」

デスクを手の平で叩き、崎田が身体ごと横を向く。仕草は不快こそ表わしているが、嘘を示すなだめ行動が見られない。

犯人グループは三人で間違いない。三原千種のほかにもあと一人、共犯者が存在するはずだ。そして崎田の言動から察するにその残る一人はアパートにおらず、アジトに急行した警官隊によって逮捕されることはないだろう。状況から見ても、崎田が共犯者を逃がそうとしていると考えて矛盾はない。しかしその事実を否定する崎田には、なだめ行動が見られない。崎田自身に、ほかの誰かをかばっているという自覚がないということだ。

いったい、なぜ――。

自覚なしにかばう相手。警察の手から逃がそうとする相手。恋人が主犯であることを主張してまで自らの罪を軽くしようとする身勝手な男に、そんな存在がいるというのか。

「家族……」

口に出してみたものの、違うと思った。かりに家族や血縁者の中に共犯者がいたとしても、かばう自覚がないという点はおかしい。

「家族だと」

崎田の瞳に、突如として凶暴な光が宿る。

「おれには家族なんていねえよ。おれが生まれてすぐに死んじまったから、母親の顔も知らねえ。親父もおれが高校のときにおっ死《ち》んだ。酔っ払ったまま風呂で溺れてな。おかげでおれは高校やめてこのザマだ」

「ださっ……ああ、やだやだ」

絵麻は顔をしかめ、手を団扇《うちわ》にして自分を扇いだ。

「なんだよ」

「そういう不幸アピールするの、やめてくれないかな。自分はこんなに不幸な生い立ちでした、だから犯罪に走ってしまったんですぅ、自分は悪くないんですぅ、みたいなお涙ちょうだいはさ」

泣き真似をすると、崎田のこめかみに血管が浮き上がる。

「黙れこのアマ。調子こいてると痛い目見っぞ」

「自分の欠点を他人のせいにするのは防衛機制の『投影』、それによって反社会的な行為をとるのは『置き換え』、自分が犯罪に走ったのを不幸な生い立ちのせいにして正当化しようとするのは『逃避』、それを指摘した私を脅かすのは『攻撃』……きみさ、自分ばっかり不幸だって思ってるでしょ。他人が辛《つら》い経験をしてるかもしれない、いろんなことを我慢しながら、悩みながら頑張って生きているかもしれないなんて、考えたこともないでしょ」

絵麻がぼりぼりと髪をかいているのは防衛機制の『置き換え』、そして崎田を糾弾しているのは防衛機制の『攻撃』だ。

「んなことねえよっ」

「んなことあるわよ。まったく……きみみたいな身勝手な犯罪者のいい分を聞かされるこっちの身にもなって欲しいわよね。ま……相手の身になって考える共感性が乏しいから、社会を恨んで他人をねたんで犯罪に走っちゃうんだろうけど。仕事とはいえたまんないわ、めそめそと不幸ぶってる男のお守りさせられるのは」

「てめえっ……」

崎田が摑みかかろうとする素振りを見せると、背後で椅子の脚がけたたましく床を擦った。

「座ってろ、崎田っ」

西野が立ち上がったようだ。

崎田は眉を歪め、顎を突き出した威嚇の表情を保っている。だが痙攣する頬を見れば、身長百八十五センチで柔道有段者の若手巡査と取っ組み合いをする勇気がないのは明らかだった。

西野に怒鳴られてその方向を睨《にら》み、その後ふっという嘲笑で懸命に虚勢を保ちながら椅子に腰を落とすという被疑者の一連の挙動を、絵麻は驚きの表情で見守っていた。しかしその表情はほどなく、口角を吊り上げた意地悪な微笑へと変わる。

「なるほど……そういうこと、か」

「なんだよ。なにがそういうことなんだよ。今度はどんないちゃもんつける気だ」

大股を開き、上体を斜めにかしげて対決姿勢を顕わにする崎田を、絵麻はじっと見つめた。

デスクに身を乗り出し、鋭い上目遣いで覗き込む。

崎田の仕草は共犯者が二人いることを物語っている。しかし崎田は自分のほかには、仲間は恋人の三原千種だけだと主張した。そして誰かをかばっているのかという質問に否定で答える崎田には、なだめ行動が見られなかった。共犯者の一人を逃がそうとしているのならば、当然なだめ行動が表われるはずなのにだ。

どういうことなのか——。

答えはこうだ。

「きみさ、本当は……誰なの」

5

「さっき西野がきみの……いや、崎田の名前を呼んだとき、きみ、一瞬だけ顔を横に振ろうとしたわよね」

それが絵麻を驚かせたマイクロジェスチャーだった。崎田を名乗った男は西野の叱責にたいして、まるでそれは自分の名前ではないとでもいう感じで顎を左右に動かしたのだ。

つまり目の前の崎田博史は、崎田博史ではない。

崎田は——いや、崎田の名を騙《かた》った男は、目を見開いて絶句している。

一番目のF——フリーズ。間違いない。疑念が確信に変わる。

「ち……違う」

今度はかぶりを振ろうとする直前に、頷くマイクロジェスチャーが表われた。

「あらあら、そんなに嘘ばっかりついてたら脳に負担がかかっちゃってかわいそうよ。

ほら、心理的圧迫を軽減しようと手が首に伸びてるじゃない」

絵麻に指摘されて、首もとをさする手の動きが止まる。

「これは……ただ……」

しどろもどろな弁明に声をかぶせた。

「きみは崎田博史ではない」

開きかけた男の口から漏れたのは、言葉にならない短い呻きだった。

「きみの大脳辺縁系は、共犯者が二人いると私に教えてくれた。でもきみは、犯行は恋人の三原千種と二人でやったといい張っている。だから私は、きみがあと一人いるはずの共犯者をかばおうとしていると思った。でも違った。誰のこともかばっていないというきみに、なだめ行動はまったく見られない。変よね。共犯者の存在を隠そうとしているのに、誰もかばっていないという発言に嘘はない……でもこう考えると筋が通るの。共犯者の存在を隠そうとしているのは、共犯者をかばおうとしているからではない。きみが自分自身を守ろうとしているから」

発言の意図が伝わったらしい。視線を上げた男の顔から血の気が引いていく。

「な……なにをいっているのか、ぜんぜん、わからねえ……」

それでも犯行を認めるつもりはないらしい。ただし仕草はしっかりと絵麻の推理の正しさを裏付けていた。かぶりを振る直前に見せた頷きのマイクロジェスチャー、首もとを触るなだめ行動、目の前の女刑事を正視することができずにわずかに背けた顔、逃げ場を求めて泳ぐ視線、現実を認めたくない心理を反映して長くなる瞬き。

「自分の身元を隠し通せると思ったの？　崎田のふりをして服役できるとでも？　だとしたら甘すぎるわね。日本の警察をなめてる」

真相がわかってしまえば、浅はか過ぎてあきれてしまう。絵麻はデスクに両肘をつき、顔の前で指先同士を合わせる『尖塔《せんとう》のポーズ』で自信を示しながら、被疑者を視線で刺し貫いた。

「知らない……なんのことをいわれているのか、おれにはわからない……」

防衛機制の『逃避』、そして二番目のF――フライト。もはや無駄な抵抗だった。

「なぜ共犯者の存在を隠すことが、きみ自身を守ることに繋がるのか。共犯者をかばっていることにならないのか。それは――」

そこまでいっていったん言葉を切り、眼差しに力をこめる。

「その共犯者は、すでにこの世にいないから。そして共犯者を殺害したのは、きみだから」

被疑者の瞳孔が収縮し、絵麻の瞳孔は開いた。恐怖と興奮を示す対照例だ。そして次の瞬間、男が三番目のF——ファイトに移った。

「違う！　おれは崎田だ！　おれと千種の二人でガキを誘拐した！」

身を乗り出し、デスクをこぶしで叩く。しかし眉を吊り上げた、一見すると憤怒と受け取れる表情に表われたわずかな頬の強張り——恐怖——が絵麻の確信を深めさせた。

「きみは崎田博史じゃない。崎田はすでに死んでいる。そして崎田の遺体も、とっくに発見されている」

「えっ……」

絵麻以外の二人の男の声が重なった。

「でしょう?」

目を見開いて絶句する男に、片眉を吊り上げてみせる。男は驚きのあまり反応できないようだ。その硬直こそが答えだった。

「警察に身柄を拘束された際に、きみはなぜか崎田の名を騙った。そして共犯者は二人いるにもかかわらず、誘拐はきみと、きみの恋人の三原千種の二人だけで行なったと主張している。それは共犯者をかばうためではなく、自らの保身を目的とした偽証……すべては繋がったわ。犯人グループはやはり三人。きみと三原千種、そして……

崎田博史よ」

男の瞼が小さく痙攣している。

「きみたち三人は富田優果ちゃんを誘拐して、父親の富田正道さんに身代金を要求した。ところがなにかのきっかけで……おそらくは崎田が警察に自首するとでもいい出したんでしょうね、仲間割れし、きみは崎田を殺害してしまう。遺体はどうしたの。たとえば、こういうのはどうかしら。バラバラに切断してビニール袋に詰め、歌舞伎町の飲食店のポリバケツに遺棄した……とか」

「えっ……本当ですか」

興奮気味に立ち上がる西野に視線で頷いて、ふたたび被疑者に向き直る。

「その後も身代金を手に入れようと人質の両親への脅迫を続けていたけれど、きみは警察に身柄を拘束されてしまった。処分したはずの崎田の遺体が発見され、騒動になっていたことは報道で知っていたはず。そこできみはとっさに考えた。自分が崎田になりすませば、遺体の身元が特定されることはない。だから崎田の名を騙った……」

「ちが……違う」

「まったく、自分勝手で行き当たりばったりで杜撰《ずさん》な犯行よね。誘拐の実行犯である三原千種は、もともと富田正道さんの会社で働いていた。身代金の受け渡しが上手くいく可能性なんてほぼゼロだったでしょうけど、かりに金を手に入れたとしても、三原千種に捜査の手が伸びるのは時間の問題だった……きみは成功するはずのない誘拐のために、殺人まで犯してしまった。営利誘拐、殺人、死体損壊、死体遺棄……今度娑婆に出てこられるのは、いつになるかしら。残念だけど、きみとの食事は当分先になりそうね」

　男の顔色が土気色に染まったのは、その後の逃走や戦闘にそなえて、皮膚の近くを流れていた血液が内側の筋肉へとまわったからだ。

「しょ……証拠はあるのか。あんたのいってることはただの推測だっ」

「まずはきみを略取・誘拐容疑で逮捕するわ。そしてとりあえず、歌舞伎町で発見された遺体と、本物の崎田博史のＤＮＡを鑑定する……きみたちのアジトを調べれば、崎田の血液や毛髪が出てくるはず」

「そ、そんなもの……」

「アマチュアね」

「なんだって」

「しょせんはアマチュアの甘い考えだっていいたいのよ。きみは部屋を綺麗に掃除して崎田の痕跡を消したつもりかもしれない。でも……いくら血液を拭き取って肉眼で確認できなくなったとしても、残されたヘモグロビンから出るルミノール反応は消せない。アパートの床は、ヘモグロビンの鉄と反応したルミノールが青紫に光ってさぞや綺麗でしょうね……どう、まだ頑張ってみる？　ＤＮＡ鑑定の結果を突きつけられるまで、抵抗してみる？　それでもいいわよ。私は最後まで付き合ってあげるから」

こめかみに血管を浮き立たせ、唇を震わせていた男が、やがて悄然《しょうぜん》と肩を落とした。今度こそ本当に観念したらしい。うつむいた頬が翳《かげ》って、一瞬にして老け込んだように見える。

湯飲みを手にとり、冷めた茶で口の中を潤してから、絵麻はいった。

「あらためて、自己紹介してくれるかしら」

弱々しく絵麻を覗き見た後、男は消え入りそうな声で告げた。

「白井《しらい》……白井敦《あつし》です」

「そう……はじめまして、白井くん。刑期を終えたらまた食事に誘ってちょうだい」

絵麻は正体を現わした被疑者に、にっこりと微笑みかけた。

6

「お疲れ様でした！」

西野がジョッキをぶつけてくる。

「いつも思うんだけど、あんた飲みっぷりだけはすごいわね」

嬉しそうに上下する喉仏に、絵麻は皮肉をぶつけた。

「いつも思うんですけど、どうして被疑者は『きみ』で、僕は『あんた』なんですか」

「そのほうが親しみを感じられていいでしょう」

「そうですかね」

西野は納得いかない様子で空のジョッキを掲げ、お代わりを要求する。

二人は新橋ガード下の居酒屋でカウンターに向かっていた。「祝勝会に」と袖を引っ張ってくる駄々っ子のような誘いに、絵麻が折れるかたちになった。

「しかし毎度のことながら、楯岡さんの取り調べには惚《ほ》れ惚《ぼ》れしますよ、さすがエンマ様」

ひやかし半分の口調で、西野は焼き鳥の串に食らいつく。

「その呼び方、なんとかならないの」

「親しみが感じられてよくないですか」

西野がいたずらっぽく語尾を伸ばす。

「んなわけないでしょ」

絵麻は手を振り上げて叩く真似をし、自棄《やけ》気味にビールをあおった。

絵麻が引き出した情報を元に、警察は犯人グループのアジトを急襲した。人質は無事保護され、一緒にいた三原千種が誘拐の現行犯で逮捕された。

白井敦については、正体を見破られて以降は打って変わって素直に自供した。かつてのアルバイト仲間である崎田を犯行に誘ったものの、時間が経つうちに怖気《おじけ》づいた崎田が警察への自首を主張し始めたため、衝動的に殺害したという。

一人でも自首するなんていわれて、かっとなっちまったんだ……あいつがあんなことさえいわなければ、殺す必要なんてなかった――。

白井は最後まで防衛機制の『投影』で責任を転嫁し続けていた。

「ちょっと。なにやってんのよ」

当たり前のように横から伸びてくる西野の手を、絵麻はぴしゃりと叩いた。

「あれ……楯岡さん。ポテトサラダが出てきたときに、しまった、っていってましたよね」

西野が自分の手の甲をさすりながら、不思議そうにする。

「だって胡瓜と人参抜きで、っていうの忘れてたんだもん」

「そうでしょう。だから僕が代わりに食べてあげようとしてるんじゃないですか」

「食べていいわよ。これだけはね」

絵麻は箸を手にするとポテトサラダの中から胡瓜と人参だけを器用に小皿に取り分け、それを西野に差し出した。

「野菜が食べられないなんて、子供みたいですよね」

西野はぼりぼりと胡瓜を嚙《か》みながら、あきれたように鼻息を吐く。

「なにいってるの。いま流行ってるじゃない、肉食系女子って」

「それ、世間でいってるのと少し意味が違いますよ」

「いいの」

ポテトサラダを崩しながら、絵麻は無心に緑黄色野菜の捜索を続けた。次々に差し出される野菜を処分していた西野が、おもむろにいう。

「いや、なんだかんだいっても、楯岡さんは本当にすごいと思いますよ。なにせ今回は、二つの事件を同時に解決しちゃったわけですからね。いやすごい。本当にすごい」

演技めかした仰々しい口調に、絵麻は唇を曲げる。

「あんたのいい方、いちいち引っかかるわよね」

「あれ、僕、なんか気に障るようなだめ行動でもしましたか」

軽口を叩く後輩巡査を視界から外して、ジョッキに口をつけた。重くなり始めた頭を人差し指で支え、ふうと息を吐く。

アルコールが意識を溶かし始めたらしい。ぐにゃりと歪んだ視界の狭間に、ふいに映像がよぎった。

黒い服を着た人々が列をなしている。その前方には、幸福そうに微笑む、若い女性の大きな写真があった。黒く縁取られた写真の周囲を、生花が彩っている。

急激に記憶が逆流し、絵麻を過去に引き戻した。生々しい感覚が、つい昨日のことのように甦《よみがえ》って全身の皮膚を粟立《あわだ》たせる。

そこは斎場だった。読経に交じって、あちこちからすすり泣く声が聞こえる。靴底の踏みしめる地面の感触、漂ってくる線香の匂い、焼香の順番が近づくにつれて高まる緊張。絵麻はおそるおそる棺の中を覗き込んだ。女性が花に埋もれ、横たわっている。死化粧の施された白い顔が、ぼんやりと滲む。涙が声を詰まらせる。

そこからの記憶は、いつも書き換えられる。

彼女の瞼が大きく開き、首をひねってこちらに顔を向ける。穏やかだった表情は眉間に皺が寄り、唇を噛み締めた憤怒と憎悪に変わる。そして低い呪詛が、脳を直接揺らす。

あのとき、どうして助けてくれなかったの。どうして助けてくれなかったの。どうしてどうしてどうしてどうしてどうして……。

「——さん、楯岡さん」

肩に手を置かれて、絵麻は我に返った。西野が不思議そうな顔で覗き込んでいる。いつの間にか握り締めたこぶしの裏側は、汗で湿っていた。

「大丈夫ですか」

「なにが」

なにか口走っていたのだろうか。西野の目を見つめ返しながら、ひやりとした。

「なにがって……顔色悪いけど大丈夫ですか。気分でも悪いとか」

「あんたの顔見ていて気分いいわけないでしょう。気安く触んないでよね。セクハラで訴えるわよ」

肩から手を払い落とした。

「ひどい言い草だなあ。ただでさえきついのに、酒が入るとさらにきつくなる」

「なら飲みになんて誘うなっつーの」

眉を下げる西野を睨みつけた。

事件を解決に導くと、いつもどこか心許ない気持ちになる。犯人逮捕に執念を燃やす自分の行動は、結局のところ防衛機制の『置き換え』に過ぎないのかもしれない。過去を償ったつもりになって、それを償いだと信じることで、自分を慰めようとしているだけなのかもしれない。

絵麻は取調室で対峙《たいじ》するすべての相手に、ある事件の犯人を『投影』していた。犯罪被害者や遺族の無念を自らのものと『同一化』しつつ、被疑者や重要参考人と向き合ってきた。

小平《こだいら》市女性教師強姦《ごうかん》殺人事件。

十五年前に発生し、現在まで犯人逮捕に至っていないその事件が、絵麻を突き動かす原動力となっている。誰かの無念を晴らす『置き換え』行動により、いっこうに進展を見せないかつての事件の捜査への焦燥を紛らせている。

「でも事件が解決できてよかったですよ。これでしばらく、平和な世の中になってくれるといいんですけどね」

しみじみとした西野の呟きに、自分が汚れた生き物のように思えた。

絵麻の中で、事件が終わることはなかった。一つの事件を解決に導くと、すぐに次の事件を求めてしまう。それは新たな被害者を求めることに等しい。

結局、殺人犯と同じだ――。

いや、違う。私は違う。絶対に違う。誰かが殺されることを、望んでいるわけじゃない。

終わらせたいだけだ。過去に区切りをつけたいだけだ。

「そういや楯岡さん。いつの間にか別れてたんですね、三十八歳商社マンと」

「ああ、まだあんたにいってなかったっけ」

「聞いてないですよおっ。どうして真っ先に僕に教えてくれないんですか」

「なんであんたに教える必要があんのよ」

「そんなつれないこといわないでください。いつも一緒に仕事してる仲じゃないですか。取り調べ中に聞かされるなんて寂しいです」

「あんたに話したら、なんかいいことでもあるの」

「そりゃ……」

西野は一瞬言葉を詰まらせてから、自分の胸をこぶしで叩いた。

「そりゃ失恋した女性を慰めるぐらい、僕にだってできますよ」

「じゃあ慰めてみてよ」

「えっ……」

「ほら、早く慰めてごらんなさいよ。傷ついた私の心を」

絵麻は顎を突き出し、くいくいと手招きした。

「あらためて……そういわれると」

「さあ、早く」

肩をすくめる西野に、顔を突き出して詰め寄る。

瞬きを繰り返していた西野が、やがて意を決したように顔を上げた。

「た……楯岡さんは悪くないと思います。いくら忙しくても、浮気する男が悪いんです」

「それって防衛機制の『投影』」

「お、男なんていくらでもいるじゃないですか」

「それって『逃避』」

「仕事に打ち込んでれば、余計なことも考えずに済みますって」

「それは『置き換え』」

いちいち突っ込みを入れられて、西野はしょんぼりとうなだれた。

絵麻は小さく噴き出しながら、ジョッキを口に運んだ。泡立つ液体の感触を喉で楽しんでから、しみじみという。

「ま、私はこうやってあんたへの『攻撃』でストレス解消できてるんだから、そんなに落ち込みなさんなよ」

ぽんと肩を叩いた。

「ぜんぜん落ち込んでないっす」

唇の端から強がりを吐き出す西野は、焼き鳥の串を嚙む『置き換え』行動を見せていた。

第二話

近くて遠いディスタンス

1

取調室の扉が開いたのは、西野圭介が壁際のノートパソコンに向かってから、たっぷり十分が経過したころだった。

クロエのフレグランスとパンプスの靴音が、無機質な空間の緊張を和らげてゆく。デスクで待ち受ける男の、固い拒絶がほぐれるのがわかった。背中を向けていても、どんな間抜け面が出迎えたのかは想像がつく。頬の筋肉が弛緩《しかん》し、ほとんど笑い出す一歩手前の表情だ。取り調べを受ける相手——ことに男なら、みな同じ顔をする。

「ごめんなさいね、お待たせしちゃって」

部屋の中央付近で足音が止まり、柔らかい声がした。高すぎず、低すぎず、わずかに吐息を絡ませたような、艶っぽく心地よい調子だ。

いつもこうだったらいいのにと思うが、残念ながら取調室以外で、西野はその声を聞いたことがない。取調室の中でさえ、耳に心地よいその響きが、西野に向けられることはなかった。

「い……いや、だ、大丈夫」

応える声が気の抜けた炭酸飲料のようにぼんやりとしているのは、視線が取調官の美貌に吸い寄せられたせいだろう。無理もない。最初に捜査一課の刑事部屋で出会ったとき、ファッション誌の表紙から飛び出してきたような彼女の美しさには、西野も息を飲んだ。もっとも、その直後に頬を手で摑まれ、「なに、にやけてんのよ」と睨みつけられて、請求書に顔を蒼くするぼったくりバーの客の心境になったのだが。

アホが……すでにおまえは、術中に嵌《は》まってるんだよ——。

西野がかつての自分を棚に上げてほくそ笑んでいると、尖った声が飛んできた。

「西野、あんた、お茶もお出ししてないのっ」

「勧めたんですけど、要らないっていうから……」

椅子の上で身体をひねり、反論を試みる。

栗色のパーマヘアをかき上げた彼女が、猫のような瞳から愛嬌《あいきょう》を消し去った。

楯岡絵麻。ここ数年、頑なに自称二十八歳を貫く鋼の意志のせいで、今では西野と同年齢ということになっている先輩巡査部長だ。

「どうせあんた、また怖い顔しながら訊いたんでしょう……要らないだろう？　って」

「そんないい方してないですって」

大きくかぶりを振ってみせたにもかかわらず、追及の眼差しは鋭さを増した。

「私に嘘が通用すると思ってるの」

無言の圧力に、自然と肩が狭まる。

西野の視線は、蛍光灯の乏しい光を反射して輝く肉感的な唇、シャツの襟もとに浮き上がる鎖骨、均整の取れた肢体を包む細身のパンツスーツを素通りして、パンプスの爪先で留まった。ベージュの合皮に包まれた右足の爪先が、軽やかに円を描くような動きを見せて、外側を向く。おそらくは片手を腰にあて、脚を軽く開いた、場所が場所ならまさしくファッション誌のグラビアのような颯爽《さっそう》とした立ち姿に違いない。

ただし、視線を上げて確認することはできなかった。冷えた眼差しに貫かれる痛みを、肉体が覚えているからだ。

「まったく……しょうがないわね」

視線が逸れて、ようやく顔を上げることができた。

「お茶、飲むでしょう」

楯岡が椅子を引きながら、対面の男に問いかける。西野にたいするのとは打って変わって、ピアノの鍵盤を転がるような弾んだ声音だ。

「うん……じゃあ、もらおうかな」

男はスクウェアフレームの奥で目を細め、西野に勝ち誇った視線を流してきた。状況証拠が揃っているにもかかわらず、堂々と犯行を否認する厚顔ぶりも腹立たしいが、スーツの胸ポケットからネクタイの柄と合わせたチーフを覗《のぞ》かせる気障《きざ》な着こなしも気に食わない。

こいつ……自分の置かれている立場がわかってるのか。

西野は憤然と鼻息を吐いた。

男の名は福永善樹《ふくながよしき》。四十歳。任意同行した重要参考人だが、捜査本部の見解と同様に、西野の中ではすでに被疑者となっている。

二週間前——。

品川区戸越《とごし》にある木造一戸建て家屋で火災が発生した。火は数時間後に消し止められたものの、焼け跡から遺体が発見された。黒々と炭化した遺体は性別すら判然としない状況だったが、歯の治療痕から、現場となった家屋に居住する四十歳、無職の武《たけ》井《い》朋彦《ともひこ》と判明した。

遺体には背中から心臓まで達する深い刺し傷があり、また、肺の内部に煙を吸い込んだ形跡がないことから、出火前にはすでに絶命していたという検死結果だった。火災の原因も灯油を撒《ま》いての放火と報告され、警視庁は放火殺人と断定、品川五反田《ごたんだ》署に捜査本部を設置して捜査を開始した。

――警察は顔見知りによる犯行の可能性もあると見て、捜査を進めています。

記者発表では曖昧な表現に留まったが、捜査本部は当初から、被害者の妻である三十七歳の武井道代《みちよ》に疑いの目を向けていた。武井朋彦はギャンブル癖で身を持ち崩し、借金取りに職場まで押しかけられるようになって、半年前に仕事先をクビになっていた。妻のパート代に家計を頼るような、苦しい経済状態だった。にもかかわらず、被害者には数か月前から多額の生命保険が掛けられており、その受取人が妻だったのだ。

警察の調べに、道代は生命保険のことなど知らないと主張した。事件当夜、彼女は深夜営業のスーパーへパートに出ており、アリバイも成立している。同僚の証言によると、休憩時間も同僚たちの談笑の輪に加わっていて、途中で帰宅した様子はなかった。いったん帰宅して夫を殺害し、家に火を点けることは、物理的に不可能だった。

しかし依然として、明確な動機の存在する道代が、もっとも疑わしいことに変わりはない。捜査の関心は、共犯者の存在へと向けられた。主犯はあくまで道代であり、実行犯は別にいると考えたのだ。

そんな中、捜査線に急浮上したのが、品川区大井町《おおいまち》で歯科医院を開業する福永善樹だった。被害者とは高校の同級生である福永は、被害者のかかりつけの歯科医でもあった。遺体の身元を特定する際に、決め手となった歯科カルテを提出したのも彼だった。

「西野……お茶」

栖岡は部屋の隅に置かれた、小さなテーブルに顎をしゃくった。そこには電気ポットと、湯飲みが置いてある。

「でも、さっき訊いたときは要らないって――」

「西野」抗議は冷たい声にねじ伏せられた。

「あんたの訊き方が悪かったんだって。さっさと出してよ」

むっとしながら立ち上がり、電気ポットに向かう。伏せられた湯飲みをひっくり返し、急須から茶を注いだ。

背後で会話が始まった。

「ほんと、気が利かない後輩でごめんなさいね」

「それはかまわないんですが、いきなり犯人扱いされたことには、納得がいきませんね。僕は逮捕されたわけじゃないでしょう」

「私が来るまでに……西野がなにか、失礼なことでもしたのかしら」

「そうですね……いきなり、おまえがやったんだろうって机を叩かれて、かなり不愉快な思いをしました」

余計なことを……。

思わず背後を振り返る。福永を睨みつけようとしたのに、楯岡に視線を阻まれた。

「あんた……そんなことしてたの」

氷点下の視線に、全身が凍りつく。

無駄だと知りつつ、顔を左右に振ってみた。

「嘘ついてんじゃないの」

案の定、いい訳をする余地すらなかった。

「取調官は私なんだからね」

「……わかってます」

「あんたの仕事は、なに」

「……立会いです」

「わかってんじゃない。さっさとお茶、お出しして……お客様に」

湯飲みをデスクに置く音でささやか過ぎる抗議を表明して、ディスプレイの前に戻った。屈辱に頰を痙攣させせながら、背後の会話を記録していく。

「お仕事忙しいでしょうに、わざわざご足労いただいてごめんなさい」

「まったくです。しかし警察に協力するのも、市民の義務ですからね」

まだ声に不満を残してはいるが、西野が最初に取調室に入ったときと比べると、重要参考人の態度は明らかに軟化している。

「そういってもらえると、本当に助かるわ。皆が皆、あなたみたいに協力的だったらいいのに……でも、私も殺人事件の重要参考人っていうから、どんな人相の悪い奴なのかと思っていたんだけど。こんな魅力的な男の人が待ってるなんて、びっくりしちゃった……ねえ、そのスーツも素敵ね」

「え……これですか？　どうも、ありがとうございます」

「うん。それ、トムフォードでしょ」

「そうなんですか。僕、ブランドとかあまり興味なくて。お詳しいんですね」

いつもながらなんなんだこのキャバクラトーク……なんなんだ、なんなんだ、畜生っ。

怒りに頭を沸騰させながらも、西野の指はキーボードを素早く駆ける。

「別にそんなに詳しくはないんだけど、安月給の刑事どもが着てるみすぼらしいのとは、ぜんぜん違うから。つい目がいっちゃって……やっぱり、お高いんでしょう」

「いや、それほどでも……」

「そんなわけないじゃない。だってトムフォードよ。ね、いくらぐらいしたの」

「スーツの値段なんか、どうでもいいじゃないですか」

「いいじゃない。教えてよ」

椅子が床を擦る音。ひそひそ声に身体をひねると、デスクの上で身を乗り出した楯岡に、福永が耳打ちしていた。

なんてこった――。

全身から集めた深いため息が漏れる。とても取り調べ中の刑事と重要参考人とは思えない光景だ。何度見ても見慣れないし、見慣れたくもない。

「うっそー、すごい値段！」

両手で口を覆う先輩刑事の媚《こ》びまくった仕草に、げんなりとする。ふだん顎で指図してくる態度とは落差があり過ぎて、女性不信に陥ってしまいそうだ。

「そんな……たいしたことないって」

照れ臭そうに手を振る重要参考人は、いつの間にか敬語を外していた。

こんの野郎……調子に乗ってんじゃねえぞっ――。

重要参考人を睨んでいると、こめかみに冷たい眼差しが刺さった。

「あんた……なにやってんの」

楯岡が白い眉間に皺を刻んでいる。

「いえ……なにも」

頬を強張らせながらかぶりを振ると、舌打ちを浴びせられた。

「私は取調官。で、あんたは？」

「立会い、です」

「なら、自分の仕事やってよね」

手でひらひらと追い払われた。

すぐにキャバクラトークが再開する。

なんなんだよ畜生っ、くそったれ、くそったれ……アホアホアホッ！

怨念をこめた指先が、キータッチを強めていく。

「そういえば、まだ刑事さんの名前、訊いてなかったね」

福永はすっかりリラックスした様子だ。

「ああ……そうだったわ」

ふたたび椅子を引く音。おそらくは、いつものように握手を求めているに違いない。

「絵麻……楯岡絵麻。よろしくね」

よろしくね、じゃねえよっ！

皮肉なことに、怒りが指先の神経を研ぎ澄まし、西野の作業効率を高めていた。

2

「絵麻……か、いい名前だね」

「ありがと。でも、職場じゃ、エンマ様なんて呼ばれてるんだけど」

楯岡絵麻は握手を解いた手をデスクに置き、手の平を上に向けた。相手に心を開いている印象を与えるノンバーバル《非言語》行動だ。

「エンマ様だって？　女性にそんな渾名《あだな》をつけるなんて、ひどいな。信じられない」

福永は笑顔で肩をすくめ、湯飲みに手を伸ばす。絵麻も同じタイミングで湯飲みを手にし、唇を潤した。ミラーリングと呼ばれる模倣行動にも、相手に同調している印象を与え、心理的距離を縮める効果がある。

「ひどいでしょう。まったく失礼しちゃうわよね。ほんと、警察なんて野蛮な人間の集まりよ。馬鹿ばっかり。とくに刑事なんて人種には、デリカシーの欠片《かけら》も具《そな》わってないんだから」

警察批判をするのには、捜査本部の方針とは異なる見解を持っていると暗に示し、この刑事は味方だという印象を植えつける目的がある。

「たしかに……彼なんか、入ってくるなり机を叩いて恫喝してくるんだもの、驚いたよ。これじゃあ、冤罪《えんざい》事件が増えるわけだと思ったね」

福永は立会いの若手刑事をちらりと一瞥《いちべつ》し、不愉快げに鼻に皺を寄せた。

絵麻もつられて振り向くと、西野はまたもや手を止めて、男を睨みつけている。

「西野」

飼い犬を叱る口調で、後輩巡査を諫《いさ》めた。

「本当にごめんなさいね。こいつ馬鹿だけど、仕事は真面目にやっているから」

「まあ、人を疑うのが仕事だろうから、仕方ないんだろうけど」

絵麻は合掌で謝りながら、内心でほくそ笑んでいた。

西野の行動は折り込み済みだった。取調室に向かう直前、絵麻は化粧を直してくると嘘をついて、西野だけを先に行かせた。

「いくら相手が開業歯科医だからって、殺人事件の重要参考人ですよ」

先輩の女刑事が出会いを期待しているとでも思ったのだろうか、西野はうんざりとたしなめる口調だった。

が、そうではない。

社会的地位の高い人間は、自尊心も高い。その場合には、とくに心理的に優位に立つ必要があった。

まずは身長百八十五センチで柔道有段者の西野を取調室に向かわせ、相手に心理的圧迫を与える。これまでの捜査で予断をたっぷり注ぎ込まれた屈強な若手刑事は、重要参考人の段階であろうと、取り調べ相手を被疑者のように扱うだろう。正義感だけは人一倍強い西野が、殺人犯だと決め付けた相手と二人きりになって、おとなしくノートパソコンの前に座っていられるわけがない。おそらく福永を威嚇し、恫喝する。

立会いの刑事ですらこうなのだから、取調官にはどんな強面が、どれほど厳しい追及をしてくるのかと、福永は不安を募らせる。絵麻が友人に合コンのセッティング依頼のメールを送信するわずか十分が、何倍にも長く感じるはずだ。

福永はこう考える。

絶対に、自供するものか。物的証拠は、なに一つ挙がっていないんだ――。

頑なな姿勢を保とうと自らを奮い立たせ、身構えているところに登場したのが華奢《きやしや》な女刑事だったならば、拍子抜けすることは請け合いだ。

なんだ、こいつが取調官なのか――。

相手は安堵《あんど》する。と同時に、こいつの追及ならかわし切ることができると侮り、油断が生まれるに違いない。そこに捜査本部とは見解を異にしている雰囲気を匂わせ、さらに好意を顕わにすることで駄目押しする。四面楚歌《しめんそか》の状況に現われた救いの女神に、福永はすがりつく。こいつを味方につけようと、心を開く。

その結果、言葉で真実を語らなくとも、仕草が真実を語り始める。

すべては絵麻の思惑通りだった。

会話の中で相手に耳打ちさせたのも、パーソナルスペースに踏み込むための作戦に過ぎない。パーソナルスペースとは、人間がそれぞれに有する心理的な縄張りで、公衆距離、社会距離、個体距離、密接距離という四段階が存在する。

公的な人物の演説や公演を聴く場合などには、自らの周囲三百六十センチ以上の公衆距離、職場の同僚や取引相手などと仕事の話をする場合には周囲百二十センチから三百六十センチまでの社会距離、友人と個人的な会話をする場合には周囲四十五センチから百二十センチまでの個体距離など、人間は相手との関係性によって、コミュニケーションの距離を調整し、縄張りを守っている。その中でも自らの周囲四十五センチ以内の密接距離に立ち入ることができるのは、基本的に家族や恋人などの、ごく親しい存在に限られる。それ以外の存在が侵入すると、本能的に不快を感じる。

ところが強引に踏み入れれば不快に感じるだけのパーソナルスペースも、自然な動作の中で近づくことができれば、そういう間柄なのだと脳が錯覚する。心理が行動に反映されるのではなく、行動が心理に反映されるのだ。耳打ちで密接空間に侵入した直後に、相手の敬語が外れたことからも、絵麻の目論見《もくろみ》が成功したことは明らかだった。

「ところでその腕時計は、クロノスイスじゃない？」

「そうだっけ……たしかそんなブランド名だった気が……」

福永は左の袖をまくって手首を覗かせ、微笑んだ。

「クロノスイスだって、知らないで買ったの」

「うん……よくわからないから、店員さんに勧められるままにね」

「普通の人は勧められたからって、手が出るような代物じゃないわよ。やっぱり歯医者さんって、儲《もう》かるのねぇ」

「いや、それほどでもないよ。でも、どうせ買うなら、長く使える良い物じゃないとね。清水《きよみず》の舞台から飛び降りる心境だったさ」

福永の手が鼻を軽く触り、それから頬を撫《な》でる。絵麻と向き合ってから、何度も見せている仕草だ。

談笑を続けながら、絵麻はなだめ行動見極めのためのサンプリングを組み立てていった。

「独身でイケメンの歯医者さんとか、紹介してくれない」

「僕じゃあ、駄目なのかい」

「だってあなたは結婚してるでしょう。私的には事故物件」

「事故物件とはひどいもんだな」

福永が声を上げて笑った。当初は椅子の背もたれに身を預けていたのが、今は前のめりになり、デスクの上に手を置いている。その手も、こぶしを握り締めていたのが指を伸ばして手の甲を見せるようになり、やがて手の平を上に向けた。心を開いてきた証拠だ。

「事故物件よ。私、火遊びはしない主義なの」

絵麻はいったん背もたれに身を預け、さりげなくデスクの下に視線を落とす。革靴の爪先が上を向き、快適を表わしていた。

そろそろ、いくか——。

絵麻は上目遣いで、わずかに唇の端を吊り上げる。

勝利の笑みだった。

3

「ところで」

絵麻はデスクに頬杖をつき、福永を見つめた。胸をデスクに引き寄せて、できる限り相手の密接距離に接近する。

「武井朋彦さんについて、なんだけど」

気乗りはしていないが、いちおう、という調子を装った。

一瞬、頬を硬くした福永だったが、すぐに警戒を緩めた。

「ああ……そうだね」

神妙な面持ちになり、椅子に座り直す。しかし身体を引くことはなく、前傾したままだ。手の平が返り、手の甲を見せるようになったが、デスクから手を下ろすこともなかった。

「私も仕事だから、ごめんなさいね」

「いや、いいよ。そうだね、わかってる」

緊張はしているが、目の前の女刑事が味方だという認識に、変わりはないらしい。

「上は……どうやら、あなたが武井朋彦さんを殺した犯人だと思っているらしいの」

指先でデスクの天面に無意味な図形を描いていた絵麻の視線が、上がる。

「あなた……殺したの」

「僕が？」

半分笑いを含んだ顔になる福永の表情が、直前、一瞬だけ歪んだ。感情をつかさどる大脳辺縁系の反射に、思考をつかさどる大脳新皮質が追いつけないことによって表われるマイクロジェスチャー。

動揺、不快、緊張、不安、焦り、そして恐怖――。

常人ならば素通りしてしまうだろう五分の一秒の変化を、絵麻は見逃さなかった。

「そう、あなたが」

間違いない、武井殺しの犯人はこいつだ。絵麻は確信を握り締めながら、頷いた。

「僕が、武井を殺したって……まさか本気で、そんなこと思っていないよね」

意外そうなのは、疑われていること自体ではなく、信頼しているはずの相手から疑いを向けられた事実が、信じられないせいだろう。福永はまだ笑顔を保っていた。

しかし女刑事の視線に含まれた棘《とげ》を察知したらしい。次第に頰が強張る。

ようやく、福永の手がデスクから離れた。身体を斜めにして、椅子の背もたれを摑む。仕草が警戒と拒絶を発し始める。しかしもう遅すぎた。絵麻はこれまでの会話で、じゅうぶんな材料を手にしている。

ところが。

「うん。あなたでしょう……武井さんを殺したのは」

「冗談じゃない。どうしてそんなことをする必要があるんだ」

かぶりを振る福永に、なだめ行動は見られなかった。

「武井さんを……殺した？」

念のためにもう一度訊いてみたが、やはり結果は同じだった。

「だから違うって。あいつと僕は、もう二十年以上の付き合いなんだ。親友なんだ。なのにどうして、武井を殺さなきゃならないんだ」

なだめ行動はない。福永の仕草は、武井殺しの犯人ではないということを示している。

どういうことだ。最初は明らかだった動揺が、消えている。表情を制御しているということだろうか。いや、それはありえない。情動をつかさどる大脳辺縁系の反射は、意識して制御できるものではない。

ならば……なぜ――。

混乱を押し留めながら、絵麻は取り調べを進めた。

「事件当夜、あなたの車が被害者宅の前に停まっていたのを、近所の人が目撃しているの」

「そのことについては、ほかの刑事にも話したはずだ。当日、武井の家に行ったのはたしかだ。でも、武井はいなかった。だからすぐに帰ったんだ」

「聞いてるわ。でも、最初、あなたは嘘をついていた」

「それは……変に疑われるのが嫌だったからさ」

初動捜査で訪れた刑事に、福永は事件当夜、ずっと自宅にいたと証言している。アリバイを証明する人間こそ存在しなかったが、だからといって福永には、武井を殺す動機もないように思われ、その点はさほど重要視されていなかった。

「嘘をついていたのがばれたら、余計に疑われることになるんじゃない」

「たしかに、そこは軽率だったかもしれない。申し訳ないと思っている。だが、信じてくれ。僕は、武井のことを殺してなんかいない」

必死に訴える福永に、やはりなだめ行動は見られない。

いったい、どういうこと――。

「病院の経営だって上手《うま》くいっている。守らなきゃならない存在だっている。それなのにどうして、人生を棒に振るような真似をする必要があるんだ」

真っ直ぐな視線に、確信が揺らぐ。なだめ行動は微塵《みじん》もない。

「たしかに、あなたの人生は、端から見たら充実しているように思えるかもしれない。でもあなた、奥さんと別居しているでしょう」

絵麻はデスクの上に置かれた、福永の左手に視線を落とした。左手薬指には、指輪の跡が残っている。

福永の結婚生活が破綻していることは、とっくに調べがついていた。現在は離婚協議の最中のようだ。福永には守らなければならない相手など、すでに存在しない。

いや、正確には、守らなければならない相手が替わった、と表現するべきだろうか。守らなきゃならない存在がいる。そう告げたときの福永に、なだめ行動は見られなかった。

「上は、あなたが被害者の妻……武井道代と、不倫関係にあったと見ているわ」

福永の愛車であるシルバーのボルボは、事件前から頻繁に被害者宅付近で目撃されていた。夫の殺害を否認し、生命保険のことも知らなかったと主張する武井道代だが、ギャンブル癖が抜けず、借金を重ねる夫への悩みを、日ごろから福永に相談していたという事実関係については認めている。

悩みを相談するうちに懇意になり、武井朋彦のことが邪魔になった。そこで多額の生命保険を掛けて殺害したというのが、捜査本部の見解だった。

「僕が道代さんと……？　ありえない。どうして親友の奥さんに手を出すんだ」

かぶりを振る福永に、なだめ行動はない。ということはつまり、福永と被害者の妻との間に、男女の関係はない。

「駄目だ駄目だって思ってるほうが、燃えちゃうってこと、あるからねえ」

「絶対にそんな関係はない。誓ってもいい」

鎌をかけてみたが、やはり福永は嘘をついていないようだった。

「僕はたしかに、道代さんと二人で会ったこともある」

そのことについては地取りの捜査員が、喫茶店の店員から証言を取っている。

「でも相談に乗っただけだ。後ろめたい関係になどなっていないし、そんなつもりもまったくなかった。僕はただ、武井に立ち直って欲しかったんだ。必死で武井を支える道代さんのことも、励ましてあげたかった。二人にとってどうするのがベストかを考えていたし、あの夫婦に人生をやり直して欲しかっただけなんだ」

どうしてだ、どうして福永の言葉には嘘がない。なぜいっさいのなだめ行動が見られない。

状況だけは完全に福永が犯人だと、物語っているのに——。

「被害者に多額の生命保険が掛けられていたことは、知ってる？」

「いや……」

そこで福永はようやく、喉仏を触るなだめ行動を見せた。人間の急所である喉仏に触れるなだめ行動は、とくに男性によく見られる。

「知らないはずが、ないんだけど」

「知らないものは知らないんだ」

しきりに喉仏を触っている。福永が嘘をついているのは間違いない。しかしそもそも、その点は行動心理学に頼る必要もなかった。捜査で明らかになっていたからだ。

「月々の保険料は、被害者名義の口座から引き落としになっていた。どうやらそのために、新たに開いた口座みたいね」

毎月の保険料だけがきっちり入金され、引き落とされていた口座の残高は、数十円だった。

「保険料の入金にかんしては、基本的にコンビニなどのＡＴＭからだったみたい。だけど、ひと月ぶんだけ、ネットバンキングで別の口座から振り込まれていたの……誰の口座からかは、わかるわよね」

福永の表情に、明確な驚愕が表われる。

保険料は、福永の口座から振り込まれていた。捜査本部が被害者の友人である歯科医に、疑いの目を向けるきっかけとなった事実だ。

「武井が……足りないから、一時的に貸してくれといってきたんだ」

視線を逸らし、唇を歪めて眼鏡のフレームを触るなだめ行動は、素人目でも嘘と見抜けるほどだった。

「そのお金は、返してもらったの」

「翌月にはちゃんと返してもらったさ。直接会って、手渡しでね」

喉仏を触るなだめ行動。嘘だ。

「そう……あと、あなた、事件の数日前に蒲田《かまた》のホームセンターで刃物を購入しているわね」

捜査本部が、福永に任意同行を求める決め手となった事実だった。

「僕は……武井を殺していない」

なだめ行動のない訴えを、あえて無視する。

「じゃあ、そのとき購入した物、提出できる?」

福永が購入したという刃渡り十八センチの和式ナイフは、遺体の刺し傷と切り口が一致した。もしも福永が無実ならば、警察に提出できるはずだった。

「もう、ないんだ……」

かぶりを振る福永に、なだめ行動は見られない。

「どうして、ないの」

「刃こぼれしたから、捨てた」

眼鏡のフレームを触っている。刃こぼれしたというのが嘘なのか、それとも、捨てたというのが嘘なのか。

「捨てたの?」

「うん……」なだめ行動なし。

「買ってすぐに、刃こぼれしたの?」

「そうだよ」

指先が眼鏡のフレームに伸びた。刃こぼれしたのは嘘、捨てたのは本当のようだ。

どこか腑《ふ》に落ちなかった。殺害の事実を否認する福永に、なだめ行動は見られない。

しかし状況証拠を突きつけると、ばらばらと嘘が剝がれ落ちる。ほかにも共犯者がいたということだろうか。

なにを見落としている……なにを――。

に、目を細めた。

4

「どこに……捨てたのかな」

まずはそこから攻めるしかない。絵麻は重要参考人の背後にある真実を透かすように、目を細めた。


「普通に不燃ごみの日に、ごみ置き場に出したよ。新聞紙にくるんでね」

福永は眼鏡のフレームを指先で触りながらいった。どうやら嘘をつくとき、つい眼鏡を触ってしまうのが、この男の癖らしい。

「……嘘つき」

「嘘じゃない！　先週の不燃ごみの日に――」

「あーあ、男ってどうしてこう嘘をつくのが下手くそなんだろう。嫌になっちゃう」

絵麻は小指で耳の穴をほじりながら、顔をしかめた。騙すなら、もっと上手く嘘をついて騙し通して欲しい。でなければ、いつまで経っても結婚できないままだ。

「ね、西野」

流し目を受けて、西野の両肩がびくんと跳ね上がる。

「な、なんでしょう……」

「例のもの」

手招きで催促すると、西野が足もとのバッグを開いた。その中から住宅地図を取り出し、絵麻に手渡す。

「誰にだって、秘密の一つや二つはあるじゃない。知らないほうが幸せってことも、あると思う」

絵麻は住宅地図をデスクに広げた。

「私もときどき、この能力が恨めしくなることがあるんだ……」

切なげなため息を吐く絵麻の脳裏には、かつて付き合った男の顔が浮かんでいた。たしかに結婚はしている、でも妻とはいずれ別れるつもりだ。追及された男は、眼差しこそ真剣だったものの、口もとに力をこめて唇を内側に巻き込むなだめ行動を見せていた。そんな男の言葉が、信じられるはずがない。

なにが始まるのかと、固唾を飲むかのような福永も、同じ表情をしている。

男って……。

絵麻は憂鬱なため息とともに、東京二十三区が描かれた広域地図の頁を開き、その上に人差し指を置いた。

「どこに凶器を捨てたのか、教えてちょうだい」

「さっきもいっただろう。不燃ごみで出したって」

「あなたに訊いてるんじゃない。私はあなたの大脳辺縁系に、質問しているの」

「なんだって……」

怪訝《けげん》な顔をする重要参考人をよそに、地図の上で指先を滑らせる。

「よろしくね、大脳辺縁系ちゃん」

人差し指は二十三区の名前を、一つひとつ指し示していった。

指先をじっと見つめていた福永の視線が、品川区を差そうとする一歩手前でわずかに逸れる。すぐに視線を戻したが、絵麻はその変化を見逃さなかった。いったん素通りして、ふたたび品川区に近づくと、同じ反応が表われる。

「なるほどね、そうか。凶器を捨てるために、わざわざ遠くまで出かけることはしなかったわけね」

「あんた、なにいってるんだ」

「いや、こっちの話……私と、あなたの大脳辺縁系の話だから」

今度は品川区の詳細な地図が描かれた頁を開き、先ほどと同じことをやった。

福永の顔色が変わっていく。緊張と不安、そして恐怖を表わすノンバーバル行動が頻繁に見られるようになったが、絵麻にとってその中から真実を選《よ》り分けるのは容易なことだった。

「ふうん……ここらへん、住宅街よね」

絵麻は右手で地図を指差したまま、左手で意外そうに頬杖をついた。

「知らない。行ったことのない場所だ」

否定する福永の指が、眼鏡のフレームを触る。

「行ったことがないって、よくそんなことがいえるわね」

絵麻は小さく噴き出した。人差し指が示す場所は、福永の自宅から二キロほどしか離れていない。あまりに苦し紛れな弁明だった。

それにしても——。

「住宅街の中に、凶器を捨てる場所なんて、あるの？」

「だから知らないって、いってるじゃないか！」

「ごみ置き場とか、コンビニのごみ箱とか？」

業者によって無事に回収されていれば、凶器の捜索は困難になる。とはいえ刃渡り十八センチものナイフなら、回収業者の記憶に残るだろう。新聞やテレビで報道されている事件と結びつけて考えられる可能性も、なくはない。

糊《のり》の利いた清潔なシャツの襟もと、袖口。こまめにワックスを塗り込んでいるであろう革靴の光沢。さらに胸ポケットから覗く、綺麗に畳まれたチーフ。隙のない着こなしからも、福永の几帳面で慎重な性格がうかがえる。あらゆる可能性を考慮して、周到に準備を重ね、犯行に臨んだはずだ。自宅からそれほど離れていない場所に凶器を捨てるのに、誰かの記憶に残るかもしれない安易な方法や場所を選ぶとは思えない。

「いい加減にしてくれ！　何度いったらわかるんだ！」

福永がデスクを叩き、怒鳴った。

フリーズ、フライト、ファイト。危機を察知した動物が踏む三段階の行動のうち、福永は三つ目のF――戦闘の姿勢を見せている。精神的に相当追いつめられている、そして絵麻の追及が核心に迫っているという、なによりの根拠だ。

「連想ゲーム……やろうか」

「なんだって」

「その場所は、屋内かな」

むすりと腕組みをする福永の頬が、かすかに痙攣する。

「屋外……」

なだめ行動はなし。屋内ということだ。

「その場所は、ごみを捨ててもいい場所かな」

頬に手が伸びる。これはたんなる癖。しかしその直後、眼鏡を直す仕草があった。

「あなたは、不燃ごみを不法投棄したのね」

「答える義務はない。不愉快だ」

言葉とは裏腹に、仕草は雄弁だった。福永は喉仏を軽く摘まむような、なだめ行動を見せている。

屋内、そして本来、ごみを捨ててはいけない場所。すでに業者が回収しているということは、ない。まだ凶器は、人差し指が指し示した近辺に残っている。

と、いうことは――。

「私の勝ちね」

「西野、これ、本部に」

絵麻はにやりと笑って、メモ用紙にペンを走らせた。

「了解」

走り書きのメモを受け取った西野が、取調室を飛び出していく。

「いったい……なにをしたんだ」

「知らないほうが、いいと思うよ」

絵麻はデスクに肘をつき、指先同士を合わせる『尖塔のポーズ』で自信を示しながら、不敵に微笑んだ。

5

「おはよう。どう、よく眠れた？」

絵麻は椅子を引きながら、福永に微笑みかけた。

「つねに監視の目が光っているんだ。熟睡できるはずがないだろう」

自らを哀れむような笑みが応える。

福永の取り調べは二日目に入っていた。証拠隠滅や逃亡、あるいは自殺の恐れがあると見た捜査本部は、福永を自宅に帰すことなく、都内のビジネスホテルに宿を取った。

「いい加減、終わりにしてくれないか。あんたたちに話せることはもうなにもない」

苛立ちを顕わにしながら後頭部をかく福永が、昨日よりも自信を取り戻したように見えるのには、理由があった。

絵麻が福永の仕草から導き出した場所は、品川区荏原《えばら》にある廃屋だった。相続した人間が手入れもせずに放置していたらしく、粗大ごみの不法投棄場と化していた建物だ。

そこからはたしかに、血のついた凶器が発見された。ところがナイフの柄からは、福永の指紋は検出されなかった。それどころか、まったく別人の指紋が検出されたのだ。福永の行動心理から導き出した場所ではあるが、自主的な供述ではないので、指紋が検出されなければ物的証拠にならない。

「いや、まだあるはずよ。共犯は、誰なの」

それしか考えられなかった。誰かを共犯に引き込むのはリスクが大き過ぎるが、そうでなければ福永が所在を知っていた凶器から、福永の指紋が出ないどころか、第三者の指紋が検出されたことの説明がつかない。

「いい加減にしてくれないか。あんたもそいつと同じだな。最初から、人のことを犯人だって決め付けている」

福永が腕組みで西野を一瞥する。

むっとしながら振り向く後輩を、「西野っ」苛立ち紛れに一喝した。

「あんた……またお茶出してないの」

今日も絵麻は、西野より数分遅れて取調室に入った。昨日のような焦《じ》らし作戦が目的ではない。すでに絵麻のことを知っている福永に、焦らしは通用しない。

「でも、こいつが要らないっていったんですよ」

西野が不満げに唇を尖らせた。

「こいつ、なんていわないのっ。どうせまた、あんたの訊き方が悪かったんでしょう」

「そんなことないですって」

わかりやすくなだめ行動を見せる西野を、鋭い視線で黙らせる。

「さっさとお茶、淹れてよね」

八つ当たり気味に吐き捨てて、福永に向き直った。

絵麻は焦っていた。直前まで考えを整理してみたが、真実は見えてこなかった。攻め手を見つけられないまま、取調室のノブを引いたのだった。

唯一の物証であるナイフから浮かび上がったのは、共犯者の存在だった。しかし福永の周辺には、犯行に加担しそうな人物は見当たらない。被害者の妻に転がり込む多額の保険金を分配することを餌に、犯行に引き入れた可能性も考えたが、それにしてもリスクが大き過ぎる。そもそも福永の交遊関係には経済的に恵まれた人物が多く、誰かが金目当てに人殺しに加担するという可能性は考えにくかった。多額の借金を抱えていた武井朋彦は、福永の友人の中でも、例外中の例外といえる存在だ。このままでは、福永と共犯者を結びつけることができずに、流しの強盗殺人という結論になってしまう。現場周辺に福永以外の不審者を見たという目撃者は存在せず、捜査は振り出しに戻るどころか、迷宮入りの確率が高まる。

ふいに目の前にいる重要参考人の姿が二重になり、輪郭がぼやけた。福永の顔に別の男の顔が重なって、絵麻は息を飲んだ。

この事件を自らの過去と『同一化』しても、結末まで同じにしてはいけない。

固い決意を胸に抱きながらも、頬を緩める。

「気が利かなくて、ごめんなさいね」

余裕を滲ませた苦笑が応えた。背筋を伸ばし、腕組みをした福永は全身から拒絶を放っているが、同時に、目の前の刑事が真相に辿《たど》り着けるはずがないという自信を漲《みなぎ》らせてもいた。もはや絵麻の心理的な優位性は薄れ、対等に近い立場になっている。

「別にそんなことはどうだっていいんだ。大事なのは、僕が武井を殺してなんかいないってことだろう。早く帰してくれないか」

「本当に……殺していないの」

「ああ、やっていない」

答えるまでに、わずかな間が空いた。やはり、怪しい。念を押してみる。

「武井さんを、殺していない？」

「誓ってもいいよ。武井を殺していない」

しかしなだめ行動は、まったく見られなかった。

昨日からずっとそうだ。福永が犯行への関与を否定する言葉に、嘘はない。共犯者に手を下させ、自らはなにもしていないからかとも思ったが、そうだとしても不自然だ。計画の段階にでもかかわっていれば、これほど堂々と犯行を否認できるはずがない。だからといって、シロと断定するのも早計だ。状況証拠は揃っているし、その部分を突っ込まれると、福永は明らかななだめ行動を見せる。嘘をつき通すことの上手い、天性の詐欺師タイプでは、けっしてない。だからこそ絵麻は混乱した。

福永は武井を殺していない。武井殺しの計画にもかかわっていない。しかし凶器は自らが購入し、凶器を捨てた場所も知っている。被害者の妻と不倫関係にもなく、明確な動機も存在しないが、保険料の振込みは福永が行なっていたこともある。そして保険金の受取人である武井道代は、福永との男女の関係を否定し、夫に多額の生命保険が掛けられている事実を、知らなかったと主張している。

見つからないなだめ行動、凶器から検出された第三者の指紋、トムフォードのスーツに身を包んだ開業歯科医の手には指輪の跡……。

取り調べの内容を反芻《はんすう》していると、背後から不機嫌な足音が近づいてきた。

そうだ、そういうことか――。

湯飲みがデスクに置かれると同時に、絵麻は立ち上がった。

「なっ……なんですかいきなり」

目を丸くする西野に、軽く手を上げる。

「今日の取り調べは……ひとまず終了」

「えっ……なにいってんすか。いま始まったばっかじゃないですか。ちょっと、楯岡さん！」

呼び止める声を無視して、取調室を飛び出した。

6

取り調べ三日目。

「おはよう。どう、よく眠れた？」

椅子を引き、微笑む女刑事の一連の仕草は、昨日とまったく同じだった。

「ええ、ホテル泊も二日目ですからね。さすがに」

福永善樹は、片側だけ吊り上げた頬に皮肉をこめる。

「刑事さんはどうですか。よく眠れましたか」

昨日、楯岡は始まって十分足らずで、取り調べを打ち切った。二日前に出会って以来、この刑事の言動には驚かされっぱなしだ。しかし福永には、どんな奇手を使われようとも、警察が真相に辿り着けないという確信があった。具体的な情報をなに一つ与えていないにもかかわらず、凶器の在《あ》り処《か》を突き止められたときには背筋が凍ったが、結局、そのことが裏目に出たようだ。指紋が出ないナイフでは、物的証拠として採用されようがない。

「ええ、よく眠れたわ。ぐっすりとね」

楯岡は髪の毛をかき上げ、柔らかい香水の匂いを振り撒いた。最初は翻弄された色香にも、もう惑わされることはない。どうやら女であることを利用して、相手の心を開かせるのがこの刑事の常套《じょうとう》手段らしいが、それがはっきりとわかった今となっては、心が揺れることもなかった。

「そうですか。それはよかった。昨日はずいぶんと慌てていらっしゃったから、なにか大変な事件でも起こったのかと心配しましたよ」

芝居がかった口調に、たっぷりの嫌みをこめる。

「ご心配なく。もう大丈夫。全部、わかっちゃったから」

楯岡は小首をかしげ、挑むような上目遣いをした。一瞬、心に起こったさざ波を、福永は懸命に鎮めた。大丈夫だ。きっと、はったりだ。またなにか、罠を仕掛けようとしているに違いない。この女に、いや誰であろうと、わかるはずがないんだ。

「お茶……淹れましょうか」

西野という若い刑事が、棒読み口調で訊《たず》ねてくる。

「……もらおうかな」

にやりと頷くと、不満げな背中が電気ポットに向かった。

「猛犬を、ちゃんと躾《しつ》けたみたいだね」

微笑みを楯岡に向けた。その背中越しに、西野が歯を剝いている。

「そうね、口酸っぱく忠告しておいたから。質問の仕方ひとつで答えは変わってくるんだから、口の利き方には気をつけなさい、たとえ殺人犯とはいえ……って」

血液が沸騰した。

「まだ決め付けるわけですか。こういう取り調べのやり方は、問題があるんじゃないのか。僕の無実が証明された暁には、きちんと補償してもらえるんで――」

いい終わらないうちに、楯岡が言葉をかぶせてくる。

「あなた、武井さんを殺したの」

「そんなことやっていないって、何度いえばわかるんだ」

福永は自信たっぷりにかぶりを振った。

「あなた、殺した？」

「違う！」

「武井さんを、殺した？」

「くどい！　そうやって精神的に追い詰めて、自供したほうが楽だと思わせようとしているんだろう。そんな手には引っかからない。だって僕は、本当に武井を殺してなんかいないんだからね！」

眼差しに力をこめて、潔白を訴える。

しばらく黙り込んでいた楯岡が、かぶりを振った。

「そうね……あなたは武井さんを殺していない。私が間違っていた」

安堵が全身を脱力させる。ようやく信じてくれる気になったらしい。

「それじゃあ、僕への疑いは晴れたということですか」

「そうじゃないの。私が間違っていたのは、あなたへの質問の仕方よ……こう訊いたら、どうかしら」

楯岡がデスクの上に肘を置き、顔の前で両手の指先を合わせた。

「あなた……誰を殺したの」

絶句した。いったいこの刑事は、なにをいい出すのだろう。

「私の質問の仕方が悪かったの。あーあ……なんで気づかなかったんだろう」

額に手をあてた楯岡が、苦笑しながら天を仰ぐ。自らを罰するように額を何度か軽く叩いてから、ふたたび福永を見た。

「あなた、殺した？」

「違う」福永は大きくかぶりを振ってみせる。

「あなた、武井さんを、殺した？」

「違うって」

ふたたび同じようにかぶりを振ると、楯岡は「ほらね」と肩をすくめた。

「なんなんだ……」

「すっかり、してやられたってわけよ。目的語をつけないで質問したときのあなたは、なだめ行動を見せた。でも、武井さんを、という目的語をつけて質問すると、とたんになだめ行動が見られなくなる。だから私は、最初のなだめ行動が見間違いだったのかと、自分を疑った。でも、違うのよね。あなたはたしかに、誰かを殺した。でも武井を殺したわけじゃない。だから目的語がないときには、マイクロジェスチャーが表われて、目的語をつけると、それが消えたっていうことよね」

「なにいってるんだ……なだめ行動だとかマイクロジェスチャーだとか、いっている意味がわからない。目的語をつけようがつけまいが、僕はまったく同じように否定した」

「大脳新皮質は、たしかにそう認識しているはずね。でも……悲しいかな、大脳辺縁系の反射のほうが、ずっと速いのよ。だから顔を横に振る直前の、ほんのわずかな時間だけど、質問に身体が反応してしまうの。あなた自身は同じ反応をしているつもりでも、そうはなっていないんだな、これが」

頭が真っ白になったせいで、説明がほとんど理解できなかった。ただ一つ理解できたのは、目の前の女刑事が、真相を暴こうとしているということだ。

「よく考えてみたらさ、私、確認のためにあなたに二度、質問していたのよね。一度目はたんに、殺したか、二度目は、『武井さんを』殺したか。そしてあなたは、否定するときに必ず『武井を』殺していない、という目的語をつけていた。殺したのか、と、『武井さんを』殺したのか。二つの質問は私には同じ意味でも、あなたにとっては、まったく違うものだったということよね」

「無茶苦茶な理屈じゃないか……警察は、こんな揚げ足取りみたいな取り調べをするのか」

抗議を無視して、楯岡が身を乗り出してくる。

「じゃああなた、誰も殺していないっていえるのかしら」

息がかかるほどに顔が近づいて、思わず身を引いた。

「だ……誰も殺してなんかいない！」

声が裏返った。楯岡は満足げに目を細め、椅子に腰を落とす。

「梶原元成《かじわらもとなり》……という名前を、知ってるわね」

いったん唾を飲み込んでから、福永は頷いた。

「ああ……もちろん知っている。僕の患者さんだ」

患者に接するときの口調を意識したが、声が震えてしまう。

「あなたが殺したのは、梶原元成さんね」

「ち……違う」

かぶりを振ったが、楯岡の顔に浮かぶ余裕は消えなかった。それどころかにんまりとした微笑みには、確信がいっそう強く表われている。

「いいにくいだろうけど、私だけにこっそり教えてくれない」

椅子から腰を浮かせた楯岡が、手を添えた耳を近づけてくる。

「ふざけるのはやめてくれ！」

思い切り仰《の》け反《ぞ》ったせいで、バランスを崩して椅子ごと倒れそうになる。

楯岡が椅子に座り直し、顔の前で手を重ねた。

「パーソナルスペースって、知ってる？」

「なんだ……それは」

「心理学用語。人間の心理的な縄張りのこと。何段階かあるけれど、もっとも狭い半径四十五センチの密接距離には、基本的に家族や恋人などの近い存在しか、立ち入ることを許さないの。もっとも、実際に半径四十五センチ以内に他人を侵入させずに日常生活を送ることなんて不可能だけど、それでも密接距離に他人が立ち入ると、本能的に不快感を催すように、人間の身体はできている。エレベーターの中で妙に気詰まりになったり、飲食店のカウンターなんかで先客といくつか座席を空けて座るのは、パーソナルスペースを守ろうとする行動なの。あなたは今、私が顔を近づけたときに、身体を引いた。それは縄張りを侵略されたことを不快に思うために起こる、本能的な自衛行動なの」

福永は呆然としながら、女刑事の演説を聞いていた。

「でも人間って不思議なことに、近しい相手しか侵入できないはずの密接距離に連続して入ってくる人間を、近しい存在だと認識するようにもなるの。たいして好きでもない男と寝てみたら、好きになっちゃった……みたいなものかな。いや、それは違うか」

おどけた様子で肩をすくめる女刑事に、福永は訊いた。

「あんた……いったいなにがいいたいんだ」

なにをいわんとしているのか、さっぱり理解できない。ただし不穏な予感が、じわじわと胸を重くしていく。

「ずっと考えていたのよね、一昨日のあなたの発言を思い出して。守らなきゃならない存在がいる……あなたはたしか、そういった。そしてその言葉を発するとき、なだめ行動は見られなかった」

いった、たしかにそういった。その言葉に、嘘はない。

「それが、どうしたっていうんだ……」

「あなた、奥さんとはとうに別居しているじゃない。子供だっていない。奥さんに未練が残っている、なんて可能性もない。あなたは結婚指輪、外しているものね」

その通りだった。愛のない結婚だった。妻は歯科医という肩書きを愛しただけなのだ。

結婚してほどなく、没交渉になった。布団に潜り込むと背を向けられた。腰を抱こうとする手を、払い落とされた。

金遣いの荒さを責めると、呆気なく「じゃあ、別れましょう」という言葉が返ってきた。驚きはなかった。やはりそうだったのかと腑に落ちた。腑に落ちたことが悔しかった。離婚調停が長引いているのは、そんな妻に金を渡したくないからだ。

「昨日、取り調べを打ち切った後、私は被害者の奥さんを訪ねた。武井道代さんね。上は道代さんとあなたが不倫関係にあったと見ていたようだけど、これまで通り、道代さんはあなたとの関係を否定した。ついでに旦那さんに掛けられていた保険についても訊いたけど、やっぱり知らないって……なだめ行動もないから、どうやら本当のことみたいね」

「あんた、さっきからいってるなだめ行動って、なんなんだ……」

「ま、嘘ついてるかどうかを測る指標みたいなもの」

楯岡はさらりとした説明で流し、続ける。

「そうなると気になるのは、いったい誰が、あなたにとっての守るべき存在なのか……ってこと。だって変じゃない。奥さんへの愛情は冷めてる。被害者の奥さんとも、関係はない。じゃあ相手は誰なのか……って。それで思いついたのよ、あ……そういえばあなたは、歯医者さんだったなあ……って」

「だったら……なんなんだ」

喉の奥から押し出す声が波打った。

「歯医者さんなら患者の治療をするとき、密接距離に侵入を許す相手がいるじゃない。患者にもそうかもしれないけれど、もっと頻繁に、一日に何度も密接距離を侵略する相手が。いくら仕事とはいえ、密接距離への侵入を許し続けている相手を、嫌いなわけがない。もっといえば、奥さんと別居して愛に飢えた独り身の四十男なら、その相手のことを好きになるっていうのは、ごく自然な流れじゃないかなあ……それがあなたにとっての、守るべき存在じゃないかなあって」

もう言葉は出てこなかった。視界に薄い暗幕が降り、気が遠くなる。

「被害者の奥さんを訪ねた後、私が……誰のところに事情を聞きに行ったのかは、もうわかるわよね」

福永はがっくりとうなだれた。まさか昨日一日で、楯岡がそこまで辿り着くとは予想もしていなかった。何日かかろうと、誰も真相を知りえないはずだと思っていた。そのつもりで、周到に準備を重ねてきた。

楯岡が終戦を告げる。

「木村歩美《きむらあゆみ》さん……あなたの歯科医院に勤務する歯科衛生士で、火災現場から発見された遺体の人物――殺された梶原さんの元妻よ」

7

福永はボルボの運転席で、必死に手の震えを抑えようとしていた。フロントガラスの向こうでは、家の窓にちろちろと赤い光が揺れている。いずれは梶原の身体を焼き尽くし、家屋全体を包んで、証拠を消し去ってくれるはずの炎だった。

助手席の扉が開き、武井が乗り込んできた。福永と同じように手が震え、息が乱れている。尋常ではない瞳のぎらつきに、これが人を殺した直後の人間の眼差しか、自分も同じ目をしているのかと、福永は寒気が走った。

駐車場をバックで出たボルボは、福永の自宅へと向けて走った。梶原殺害の後はいっさいの交流を断つことを打ち合わせていたが、旧友との今生の別れを惜しんでいるのではない。返り血を浴び、正気を失った様子の武井を、そのまま夜の街に放つことはできなかった。

梶原殺害計画を持ちかけたのは、福永だった。福永の歯科医院で歯科衛生士として働く木村歩美の元夫である梶原は、しつこく歩美につきまとっていた。

十代で結婚し、子供をもうけた歩美は、度重なる夫の暴力から逃れるために五年を費やしたという。ようやく離婚が成立し、母一人子一人で新たな人生を歩もうと見知らぬ土地でアパートを借り、福永の歯科医院に歯科衛生士として勤め始めた。働きながら子育てをする健気《けなげ》な姿と、前向きで明るい性格が、派手好きで自らを着飾ることにしか興味がない妻とは対照的で、眩《まぶ》しかった。福永は当然のように、歩美に惹《ひ》かれていった。

そんな折、梶原が患者として受診してきたのだった。二人の関係を知らない福永は、いつも笑顔を絶やすことのなかった歯科衛生士の表情が強張るのを、不思議に思っていた。

やがて梶原は患者としてだけではなく、診察時間が終わるころに、医院の前で待つようになった。休憩時間に何度か外でいい争いをしているのも、見かけたことがある。

逃げても逃げても追ってくる。あいつに人生を無茶苦茶にされる——。

職場の飲み会でさめざめと泣き始めた歩美の言葉を聞いたとき、福永の心に生まれて初めての殺意が芽生えた。ただしその時点では、もやもやとした霧のような感情に過ぎず、具体的になにかができるとは考えていなかった。

一方、友人の武井は何度警告してもギャンブルがやめられず、借金で首が回らなくなっていた。多重債務の中には危ない筋からの借金もあるらしく、自宅を訪れたときにやくざ風の男たちと出くわしたこともある。武井の妻の道代からは何度も相談を持ちかけられたが、離婚する以外に解決策は浮かばなかった。しかし、そもそも武井と旧《ふる》い馴染《なじ》みの福永にとって、道代に夫を見捨てろなどという助言ができるはずもない。多額の借金を抱えた上に、妻にまで逃げられたとなったら、旧友はなにをしでかすかわからない。

もう殺されちまう、どうにもならないんだ——。

居酒屋で頭を抱える武井を慰めながら、一つの閃《ひらめ》きがよぎった。すべての人間が幸せになれるであろう、魅力的なアイデアだ。

梶原を殺害し、その遺体を武井に見せかけるというものだった。

武井の自宅で発見された遺体を、警察は武井だと思うだろう。歯科のカルテ提出を求められるだろうが、もともと武井と梶原のカルテは、自分の手もとにある。梶原のカルテの名前を書き換えて、武井のものとして提出すればいいだけだ。焼け焦げた遺体では妻も夫を判別できないだろうし、武井には子供もおらず、すでに両親も死去しているから、おそらくDNA鑑定までされることはない。

多額の生命保険を掛けておくんだ。そうすれば、残された奥さんが借金に苦しむこともない——。

酒席で冗談めかして提案してみたのだが、武井は思いのほか乗り気だった。それほど切羽詰まった状況だったのだろう。それからはとんとん拍子に話が進み、ぼんやりとした殺意は、次第にくっきりとした輪郭を伴うようになった。

武井は梶原に成りすまし、武井の妻は多額の保険金を手にし、歩美は元夫の呪縛から逃れ、人生をやり直す。

一時的に自分が疑われるだろうが、そもそも動機も、決定的な証拠もない。ほどなく疑いは晴れる。

みんなが幸せになれるんだ、みんなが——。

重たい沈黙を引きずる車内で、福永はひたすら唱えていた。

「これ……どうしよう……」

弱々しい声に視線を反応させると、武井が血に汚れたナイフを握り締めていた。

街灯を反射してきらめく刃先に、全身が粟立つ。

「どうして持って来たんだ！」

「だって、こんなもの残していたら、証拠になっちまうよ」

「ならないんだよ！　ぜんぶ燃えちまうんだから。そもそもおまえの指紋が検出されたところで、おまえはもうこの世に存在しないんだ！　おまえが疑われることは、ありえないんだよっ！」

頭に血が昇って、激しくなじった。

「そうか……そうだったな」

武井は呆《ほう》けた表情で、ナイフを見つめている。

まったく、すべてをお膳立てしてやってるのに、どうしてこんなヘマを犯すんだ。

梶原のアパートを訪ね、福永が誘い出したところを、扉の脇に潜んでいた武井が背後から刺す。そのままアパートに押し入り、ビニールシートにくるんだ遺体をボルボのトランクに詰めて、武井の自宅まで運ぶ。そして遺体に灯油をかけ、火を点ける。すべてが順調すぎるほど順調だった。

現場に残すはずだったナイフを、武井が持ち出してしまった。それは完璧に進行していた計画の、唯一ともいえるほころびだった。

しかし小さなほころびに過ぎない。

「しょうがない……どこか、捨てる場所を考えないとな」

大丈夫、大丈夫。これぐらいはなんともない。福永はフロントガラスの先に目を凝らした。

すべては上手く運んでいる。一人の犠牲によって、多くの人生が開けた。梶原はもともと、生きていたって価値のない人間だ。どうしようもないクズが消えたところで、誰が悲しむだろう。罪悪感なんて、感じる必要はない。

自分にいい聞かせてみたが、左右に流れる街灯の先には、深い底なしの暗闇が口を開いているような気がしてならなかった。

8

「歩美ちゃんは、関係ないんです」

罪が白日のもとに晒《さら》された今、それだけが気がかりだった。すべては福永が自主的に計画し、実行したことだ。肩を寄せ合って健気に暮らす母子の生活に、余計な波風は立てたくなかった。

「わかってる。木村さんと、直接話したから。彼女はなにも知らない」

楯岡は痛ましげに目を細め、かすかに顎を引く。

どうやら嘘を見抜く女刑事のアンテナに、歩美が引っかかることはなかったらしい。安堵の息を吐いたとたん、虚脱に襲われた。同時に感情の堤防も決壊してしまったらしく、涙の筋が頬を伝う。

「武井は今……どこにいるの」

「わかりません。五十万だけ金を渡して、後は好きに人生をやり直してくれって伝えたから」

もう嘘をつく必要はなかった。計画は完全に頓挫した。それなのに、なぜだか心がふわりと軽くなっていた。

「歩美ちゃんは……元気でしたか」

嗚咽《おえつ》の狭間から見上げると、頷きが返ってきた。

「うん、あなたのこと……心配していたわ」

「彼女から、仕事を奪ってしまった……」

自分が刑務所に入るよりも、そのことが心配だった。

「子供が……いるんです。雄喜《ゆうき》くんっていう、すごくいい子なんです」

小学二年生になる歩美の息子は、学校帰りによく母親の職場に立ち寄っていた。屈託のない笑顔を誰にでも向ける、明るく活発な少年だった。

「知ってるわ。会ってきたから」

「学校が終わると、いつも待合室で歩美ちゃんの仕事が終わるのを待っていて、虫歯がないか調べてやろうかってからかうと、怯えて歩美ちゃんの後ろに隠れるんです……」

まるで親子みたいですねと、ほかの歯科衛生士から笑われ、舞い上がった。お父さんになってよと雄喜から袖を引かれ、有頂天になった。いつの間にか、本当の父親になりたいと望むようになった。梶原には無理でも、自分なら、ふんだんに愛情を注いであげられると思った。

「あの母子のために、なにかしてあげたかった……助けてあげたかった」

それは違うと、本当はわかっていた。

旧友である武井のため、夫のギャンブル癖に悩む道代のため、歩美と雄喜、母子のつましい生活を守るため。それらはいい訳に過ぎない。

自分のためだ――。

誰のためでもない。自分自身が、安らぎを与えてくれる家庭を、手に入れたかったのだ。一度は失敗したが、歩美と雄喜となら、家族になれると思った。そのために、梶原が邪魔だった。母子を苦しめる存在が憎かった。憎くて憎くてしようがなかった。

あいつさえいなくなれば――。

正義感でも義憤でもない、それは激しい嫉妬だった。

「僕のせいで……僕のせいで……」

福永は堪《こら》えきれずに、デスクに突っ伏した。救おうとした結果として、歩美と雄喜を苦境に追い込んでしまった自分の不甲斐なさが、腹立たしかった。

「彼女は、大丈夫だと思うわ」

楯岡は励ます口調だった。なんの根拠もない慰めだが、今はただ、その言葉にすがろうと思った。

9

「お疲れっす」

西野が上機嫌でジョッキをぶつけてくる。

「近い近い、近いからっ」

絵麻は身を引きながら、こつんとジョッキを合わせた。腕だけ伸ばせばいいのに、西野は乾杯するとき、身体ごと近づいてくる。パーソナルスペースは育った環境や文化によって個人差があるが、こいつの密接距離はどうなっているのだろうと、いつも疑問に思う。

「なんですか楯岡さん、僕、そんなに臭いっすか」

西野が襟もとに鼻を近づけ、自分の臭いをかいでいる。普段と同じように乾杯したはずが、絵麻の反応がいつもと違うのは、体臭が原因だと思ったらしい。

「臭いっていえば、いつも臭いけどね」

「ちょっと、そういうことというの勘弁してくれません？　僕、こう見えて結構繊細なんですから」

二人は新橋の居酒屋で肩を並べていた。恒例の祝勝会だ。

「しかしあれですね、エンマ様にも仏心があったってことですね」

西野はジョッキをあおり、中身を半分ほどにしてから、感心するように口をすぼめる。

「あんた、褒めるんならもうちょっと素直に喜べる褒め方してくれない」

頬の火照りを手の平でたしかめながら、絵麻は横目で抗議した。

絵麻が取調室を飛び出した日。西野も後を追いかけてきて、途中から聞き込みに同行した。木村歩美の暮らすアパートを訪ねてみると、最初に刑事たちを出迎えたのは、男だった。

あなた、お客さんなの――。

お父さん、早くゲームやろうよ――。

男の背後、部屋の奥からは、歩美と雄喜の声がした。紛れもない、妻と息子の声だった。

歩美はすでに、新しい幸せを見つけていたのだ。

「でも、平日の日中に家にいるぐらいだから、あいつもろくな男じゃないでしょうね」

「いるのよね。駄目男ばっかり好きになっちゃう女って」

虚空にため息を吐き出すと、西野が嬉しそうに覗き込んできた。

「どうしたんですか、同病相憐れむってやつですか」

「あんた、殺すよ」

絵麻が手を振り上げて叩く真似をすると、両手で頭を覆う。

「しっかし、せつないですよね。報われない愛のために殺人を犯すなんて……ある意味、究極の純愛じゃないですか」

「純愛? どこがよ。福永は、いつか木村歩美を自分のものにしたいと思ってたんでしょう。見返り、求めてんじゃん」

「そうかもしれませんけど……」

西野が不服そうに顔を歪める。

「接近性と好意は、一枚のコインの裏表のようなものである」

「なんですか、それ」

「アメリカの心理学者、アルバート・メラビアンの言葉よ。好意は接近性を促進し、接近性は好意を引き起こすってこと。好きだから近づきたいっていうのも真理だけど、近づいているから好きになるっていうのも、また真理ってわけ」

なにかいいたげな西野を視界から外して、絵麻は講義を続けた。

「男は勘違いする生き物、っていうじゃない。あのメカニズム、教えてあげようか」

「僕には、心当たりはありませんけどね……参考までに、いちおう聞いておきますよ」

「パーソナルスペースというのは、実は男女間で大きさが異なるの。もちろん育った環境や文化によって個人差があるけれども、一般的に男よりも女のほうが、パーソナルスペースが狭い」

「なるほど。ということはつまり、男にとっては密接距離に侵入を許している状態でも、相手の女性にとってはそうじゃない……と」

「そういうこと。その上、コミュニケーションを取る場合において、女性のほうが肉体的接触を図る機会が多いという研究結果も出ている。だからキャバクラのお姉ちゃんがあんたの肩や腕を触ってきても、別にあんたのことを好きってことじゃないんだからね」

頷きながら感心していた西野が、表情を曇らせた。

「なんでそういう余計な喩《たと》えを出すかなあ」

「さらにね、パーソナルスペースというのは、職業上の立場や序列によっても変動するのよ。立場が上の人のパーソナルスペースは広くなり、下の人は狭くなる。もともと女性であることで狭かった木村歩美のパーソナルスペースは、歯科医と歯科衛生士という職業上の関係によって、福永にたいしてはさらに狭くなっていた。だから日常的に接近していても、福永にたいしてことさら好意を抱くことはなかった。福永の場合は、その逆ね。というわけで、勘違い男の一丁あがり」

「相変わらず、容赦ない物いいしますよね、エンマ様は」

なぜか自分が責められているように苦々しい顔をする後輩を尻目に、絵麻は人差し指を唇にあてた。

「まあ、恋とか愛なんて曖昧な感情よね。密接距離に侵入を繰り返すだけで、脳が相手のことを好きだと錯覚しちゃうわけだし」

「愛は錯覚……なんですか。楯岡さん、いつもながら冷めてますよね」

「冷めてるっていうか、冷静で客観的なだけよ」

ふいに西野が身体を寄せ、密接距離に侵入してくる。

「なに……」

「食べないんでしょう」

西野は絵麻の前の小鉢に手を伸ばし、箸で人参を挟んだ。お通しとして出された肉じゃがは、人参だけが綺麗に残っている。

「汁が垂れちゃうから、これごとあげるわよ」

絵麻は小鉢を押し出した。

「楯岡さんって好き嫌い多いですよね……人も、食べ物も」

「あのね、食べ物はともかく、人にかんしては私が嫌っているわけじゃなくて、向こうが先に私のことを嫌うの。だから私も嫌いになるの」

「そうなんですか」

「そうよ。好意の返報性原則の逆」

「なんですか。その好意の返報性原則……って」

「自分に好意を表わしてくれたり、高い評価を与えてくれる相手のことは、嫌いにはなれないってこと。逆をいえば、自分を嫌っていたり、低く評価してくる相手を、好きになるのは難しい」

「なるほど……一課に楯岡さんの敵が多いわけだ」

しきりに感心していた西野だったが、途中でぴたりと動きを止め、首をかしげた。

「あれ……だとすると、木村歩美が福永のことをなんとも思わなかったのは、おかしくないですか」

「そんなことないわよ。好意は相手に伝わるようなかたちで表現しないと意味がないもの。それにかりに好意が伝わったとしても、人間は自分が表現したのと等価の好意が返ってくることを期待してしまう。期待通りにならないと、好意が憎しみへと変わる。面倒くさい生き物よね……人間って」

「達観してるなあ。エンマ様というより、仙人だ」

西野は腕組みで苦笑しながら、絵麻のほうを見た。

「楯岡さんは、どうして刑事になろうと思ったんですか」

「なによ、藪《やぶ》から棒に」

「どうしてですか」

じっと見つめられて言葉に詰まる。視線を逸らしてカウンターを向き、なだめ行動が表われないように気をつけた。

「それは……公務員は安定してるからよ」

「たったそれだけの理由で？」

「そうよ」

「心理学の知識があるのは？」

「たまたま、よ。たまたま大学でそういう勉強をしていて、警察に入ってからその知識が役に立つことに気づいたというだけ」

「本当に？」

「そうよ」

将来、どんな仕事をしたいの――。

絵麻は遠い過去に投げかけられた質問を思い返していた。

渋谷道玄坂《どうげんざか》署からの帰り道だった。将来、警察官としてその場所に出入りすることになると、当時は考えもしなかった。大人はすべてずるくて汚い、敵だと思っていた。離婚を目前にした両親の待つ自宅の重苦しい空気を吸いたくなかった。深夜のセンター街を遊び歩いては、何度も補導された。そのたびに呼び出されるのは両親ではなく、通っていた高校の担任教師だった。絵麻がだんまりを貫き、少年課の警察官を手こずらせたせいだった。

栗原裕子《くりはらゆうこ》。落ち着いた印象のためにずいぶん大人に感じていたが、絵麻とは五つしか歳が違わない新任教師だった。

彼女がいなければ、刑事になることはおろか、高校すら卒業できていなかったろう。裕子は生意気な思春期の少女に、いつも真っ直ぐに向き合ってくれた。非行少女を見捨てたりはしなかった。じっと目を見つめ、辛抱強く話を聞こうとしてくれた。

好意の返報性原則が実った例だと、絵麻は思う。

何度目に補導されたときかわからない。いつものようにうんうんと相槌《あいづち》を打つ裕子が鬱陶しくて、絵麻はいった。

あんたに私の気持ちなんか、わからないよ――。

そうだね、わかりたいけれども、他人の考えていることはわからないねと、裕子は寂しそうに微笑んだ。そして、絵麻のことがうらやましいともいった。

そのときに初めて、裕子に家族がいないことを聞かされた。彼女は幼いころに交通事故で両親を失い、親戚の家を転々としながら成長していた。教師の道を選んだのは、ともに教師だった両親の面影を追いかけたのかもしれないと告白した。

自分などよりよほど凄絶な人生を歩んでいるにもかかわらず、他人を信じ、やさしい眼差しを注ぎ続ける強い女性を前に、絵麻はなにもいえなくなった。自らの甘えを恥じ、変わらなければならないと思った。

絵麻は裕子と出会ったことで、人を信じることを学んだ。

将来、どんな仕事をしたいの——。

あのとき、裕子の質問には答えることができなかった。なにごとも起こらなければ、裕子に憧れて教師になろうとしたかもしれない。

だが裕子の死で、絵麻は人を疑う必要もあることを学び、自分の生きる道を見定めた。

裕子は小平市女性教師強姦殺人事件の被害者だった。

「だったらなんなのよ。なんでいきなりそんなことを訊くわけ」

知らず語気を強めていた。危機に瀕した動物の行動第三段階——ファイト。

身を引いた西野が、ご機嫌をうかがうような弁解口調になる。

「いや……楯岡さん、他人の嘘を見抜けるじゃないですか。その能力って、天性のものなのかなあと思って」

「疑り深いから刑事になったのか、刑事になったから疑り深くなったのかを知りたいってわけ？　自分はこうはなりたくないなあって」

「そこまでいってないでしょう」

絵麻はからからに渇いた喉を、ビールで潤した。

「大丈夫よ。あんたは逆立ちしたって私みたいにはなれないから。あんたみたいに刑事ドラマに憧れてずっと刑事を目指してきたのに、いざ現場に出てみたら役に立たないのもいれば、私みたいにたんに安定しているからって理由で刑事になったにもかかわらず、天賦の才を発揮する人間もいる。世の中って理不尽で不公平よね」

「嘘を見抜けるだけじゃなくてそういうきつい性格も、結婚できない理由なのかもしれませんね」

尖る視線を察知したらしい。西野が素早く顔を背けた。

「現金なものじゃない。福永の歯科医院にはもう一人、歯科衛生士がいた。木村歩美よりもずっと古株のね」

「たしかに……福永がブランド物に身を固めるようになったのは、木村歩美が働き始めてからだっていいますもんね」

それが福永が、ブランドにいまいち詳しくなかった理由だ。

「どうして福永は、そっちに興味を示さなかったんでしょう。それってやっぱり、木村歩美のほうに運命を感じたからじゃ……」

「そんな綺麗事じゃないわよ。生殖年齢でしょ。男にとって、若い女が魅力的に見えるっていうのは、ある意味理にかなっていてね、男は本能的に子供を産める可能性が高い女を、嗅ぎ分けているってわけ」

「なるほど！」

西野が手の平にこぶしを打ちつける。

「なによ……」

「いや……だから密接距離に侵入を繰り返しているにもかかわらず、僕は楯岡さんになにも感じ——」

いい終わらないうちに、絵麻はネクタイを絞り上げていた。

「ほら、楯岡さん、これ……密接距離」

西野が苦しげに顔を歪めながら、絵麻と自分を交互に指差す。

「うるっさいっ」

突き飛ばされた西野が、バランスを崩して密接距離から個体距離へと離れた。そのまま背後に転倒し、社会距離へと遠ざかる。

「痛たた……なにするんですか。そんな乱暴だから、いつまで経っても結婚でき——」

後頭部を押さえながら立ち上がろうとして、顔色を変えた。危機に瀕した動物の防衛行動、第一段階のフリーズだ。しかし絵麻のほうは、とっくに第三段階のファイトに入っている。

「さっきから結婚できない結婚できないって……なんであんたにそんなこといわれなきゃいけないのっ」

全身に怒気を漲らせた絵麻が、椅子から立ち上がった。

「すいませんでしたっ！」

西野は第二段階のフライトに移って、店を飛び出した。

第三話

私はなんでも知っている

1

西野圭介は柔道で鍛え上げた広い背中を丸め、夢想に耽《ふけ》っていた。

警視庁本部庁舎。三畳ほどの取調室同士を仕切る壁は薄く、隣室から音声が漏れ聞こえてくる。

輪郭の曖昧な壁越しの声に耳を傾け、西野は妄想を膨らませた。そこではおそらく、かつて憧れた刑事ドラマのような熱っぽい応酬が繰り広げられているに違いない。

とぼけるな！　おまえがやったってことは、わかってるんだよっ――。

頭の中で架空の被疑者を怒鳴りつける。右手人差し指はノートパソコンのタッチパッド上を無意味に動き回り、ディスプレイの中でポインタを躍らせていた。

おまえは今、なだめ行動を見せた。おれに嘘が通用すると思ってるのかっ――。

空想の取り調べも佳境に差し掛かり、壁に向かって勝利の笑みを浮かべたところで、背後で慌ただしく扉が開いた。

「ごめんごめん。遅くなっちゃって」

緩やかにカールした栗色の髪をなびかせた女が部屋に入ってくる。全身を包む細身のパンツスーツは高価なものでないはずだが、均整の取れた体型のおかげで高級ブランドのように見える。桜田門などより表参道のほうがずっとお似合いという雰囲気だ。

楯岡絵麻——通称「エンマ様」。

行動心理学を駆使し、被疑者を百発百中で自供に導く取り調べのスペシャリスト。

「遅いですよ、楯岡さん。なにやってたんですか」

取り調べが始まるなり楯岡が部屋を飛び出してから、すでに二十分以上が経過していた。

むっとしながら抗議した西野だったが、ほどなく強烈な違和感に頰を引きつらせた。

「なによ」

椅子を引こうとした楯岡が動きを止め、猫のような瞳から愛嬌を消し去る。

「楯岡さん……なんですかそれ」

西野の視線は街を歩けば誰もが振り向くであろう美貌から、その持ち主の右手へと移動していた。

「なんなのよ」

「いや……そのバッグ」

楯岡が手にしたトートバッグには『ＣＥＣＩＬ　ＭｃＢＥＥ』のロゴがでかでかと

プリントされていた。若い女性――とりわけギャル系と呼ばれる人種から絶大な支持を得ているブランドだ。以前に渋谷センター街で聞き込みをしたとき、「最近の学校指定の鞄《かばん》はお洒落なんだね」といったら、少女たちに失笑されたことがある。それほど人気があり、街でもよく見かける。だがとてもではないが、自称二十八歳を貫くせいで後輩の西野と同年齢ということになってしまった巡査部長が持ち歩くような代物ではないはずだ。

不満げに唇を歪めた楯岡が、バッグの中を探る。

「だって普段使っているペンのほうが、エネルギーが伝わりやすいんですよね」

いや、そういうことじゃなくて。

突っ込もうとした西野よりも早く、応える声があった。

「そうですね、その通りです」

楯岡とデスクを挟んで座る女が目を細め、満足そうに頷いている。黒髪に薄いメイク。くすんだ色合いのカーディガンにスカートという装いは、おそらく安さが売りの量販店で一式揃えられるだろう。華やかな先輩刑事と向き合うと、地味な印象がいっそう際立つ。

女の名は手嶋《てじま》奈緒美《なおみ》、三十八歳。青梅《おうめ》市で小さな喫茶店を営む彼女は、近隣では有名な占い師でもあるらしい。店の一角で行なう霊感占いが当たると評判で、今では客のほとんどが占い目当てだという。


「西野、お茶」

「お茶は出してるじゃないですか」

「冷めてる」

冷たく顎をしゃくられた。

西野はむっとしながら立ち上がり、デスクから湯飲みを回収して壁際に向かった。

そこには電気ポットと急須の給湯セットが、小さなテーブルに置かれている。

茶を注いでいると、背後からはしゃいだ声が聞こえてきた。

「ええと、名前とぉ……あとはなにを書けばいいんでしたっけ」

「生年月日をお願いします」

西野は湯気の立つ湯飲みを手に、書き物をする背中に歩み寄った。

湯飲みをデスクに置こうとすると、楯岡がさっと手もとを覆う。

「なによ。用が済んだら早く行って」

生年月日を見られたくないらしい。デスクに覆いかぶさるようにしながら、あっちへ行けと顔を振っている。

「別に隠さなくても、楯岡さんの歳ぐらい知ってますって、さん――」

言葉が途切れ、西野の口から濁った呻きが漏れた。同時に表情も苦悶《くもん》に歪む。パンプスの爪先ですねを蹴られたのだ。

「余計なことはいわずに、あんたはあんたの仕事をやっていればいいの」

ボールペンを振って追い払われた。視界は涙で滲んでいるのに、ボールペンにプリントされたドナルドダックの楽しげな顔がやけにはっきりと網膜に焼きつく。

足を引きずりながらノートパソコンに戻ると、壁越しの応酬はまだ続いていた。

かたや背後のデスクで繰り広げられる会話は、緊張感とはほど遠い。

「嬉しいわ。私、占い師さんにちゃんと見てもらうの初めてなの。なんだかドキドキしちゃう。なにか悪いことといわれたらどうしようかしら」

「大丈夫です。行ないを改めることで不吉な未来を変えることはできますから」

「そうなんですか。じゃあ、どういうふうにしたら結婚できるのか、教えてください」

「焦らないで。これからじっくり見てみましょう」

西野は二人の女を恨めしげに一瞥した。そうしながらも指先は素早くキーボードを駆け、会話の内容を記録する。このやりとりに、そしてこのやりとりを記録するという自分の作業に、とうてい意味があるとは思えない。

手嶋奈緒美は豊島区池袋《いけぶくろ》で起こった殺人事件の重要参考人だ。だからこそ捜査本部は、彼女を任意同行した。

しかし取調官に指名された楯岡は取調室に入るなり、自分を占って欲しいと重要参考人に懇願した。奈緒美からふだん使用している筆記具で名前と誕生日を書いてと要求されると、すぐさま刑事部屋へとバッグを取りに走った。いつもながら、いや、いつも以上にわけがわからない。

紙がデスクを滑る音。どうやら記入を終えたメモ用紙を差し出しているらしい。

「どうですか……私、いつ結婚できますか」

訊ねる声がいつになく緊張していた。

「いいにくいのですが……あまり、よくない波動を感じます」

「えっ、本当ですか。よくないって、いったいなにがよくないんですか。どうしよう……私、どうしたらいいんでしょう」

「もしかしたら、あなたの前世に問題があるのかもしれませんね。両手を出してくれませんか」

「は……はい」

「目を閉じて。そして呼吸に集中して……心を落ち着けて」

西野が顔をひねると、女刑事と重要参考人がデスクの上で手を取り合っていた。深呼吸をしているのか、楯岡の肩が大きく上下している。

おいおい、頼むよ……なにやってんだよ。なんだよこの茶番は――。

思わず天を仰いだ。全身が脱力して椅子からずり落ちそうになる。

おれもどこかいい転職先、占ってもらおうかな――。

頬杖しながらついたため息が深すぎて、自分の身体が萎《しぼ》んでいくようだった。

2

「もう……いいですよ、目を開けて」

穏やかな声が聞こえ、楯岡絵麻は瞼を開いた。

「なにかわかったんですか」

「すべてではありませんが……」

「じゃあ、あの……け、結婚――」

先走る口調を諌めるように、奈緒美は口もとを引き締める。

「ちょっとイメージが混乱しているのですが……犬が……犬が見えます」

「犬……犬なんて、私、飼っていませんけど……」

絵麻は視線を上げながら、あっと口を開いた。

「そういえば、中学生のころまで実家で犬を飼っていました。保健所で処分されそうだった雑種の子犬を引き取って、うちで育てていたんです」

「やはりそうでしたか」

奈緒美が涼しい顔で顎を引く。そのまま目を閉じ、わずかに眉根を寄せ、脳裏に映像を浮かべる表情になった。しばらくしてからぽつりと呟いた。

「シロ……」

「そうです！　シロという名前だったんです。どうしてそんなことまで」

「かわいそうでしたね……」

絵麻は手で口もとを覆い、絶句した。

「わかるんですか」

頷きの代わりに返ってきたのは、長い瞬きだった。

「そうなんです……散歩の途中で、リードを放してしまって……」

「撥ねられたんですね」

「ええ、大型トラックに」

唇を歪め、うなだれる。その手を励ますようにぎゅっと握りながら、奈緒美が口を開いた。

「シロはあなたのことを、恨んでいないといっています」

はっと顔を上げると、慈愛をはらんだ眼差しが上下する。

「まさか、シロは……今……」

「ええ、あなたと一緒にいますよ。あなたのことをずっと見守っています。あの家で温かい愛情に包まれて幸せだった。もっと一緒にいたかったけれど、あなたが悪いわけじゃない。あのとき道路に飛び出してしまった僕が悪かったのだから、自分を責めないでと伝えて欲しい。僕のぶんまで幸せになって……そういっています。ただ――」

そこまでいうと、奈緒美は小さく噴き出した。

「どうしたんですか」

「いいえ……ごめんなさい。シロがちょっと変なことをいうものだから……あなたは整理整頓が苦手だから、もう少しお部屋を綺麗にしたほうがいいって」

絵麻は恥ずかしそうに肩をすくめる。

「それは……仕事が忙しいからで」

もじもじと身体を動かしながら弁解した。

「そうかもしれないわね。ただ、お部屋を綺麗にしておくのは運気を呼び込む上でも重要な意味を持つことだから、これは私からも同じアドバイスをしておくわ」

「はい……でも、シロにそんなところまで見られているなんて」

「それはそうよ。だってシロは、ずっとあなたのそばにいて、あなたのことを見守っているんだもの」

奈緒美は微笑みを浮かべ、目を閉じる。思索に沈むような沈黙の後、言葉を紡ぎ出した。

「そうね……なるほど。少し耳が痛いかもしれないけれど、あなたのためにいうわね。あなたは明るく社交的な人として周囲に映っている反面、警戒心が強く、他人との間に壁を作ってしまうこともあるでしょう」

絵麻は神妙に頷いた。

「強い女性として振る舞っているけれども、不安に苛《さいな》まれて怯える夜を過ごすこともある」

「まさしく、その通りです」

「これまでの人生で、素直に自分をさらけ出すことの怖さを、身をもって知った」

「はい」

目を閉じていた奈緒美が、ふっと頬を緩めた。

「あなたは、自分に厳し過ぎるのかもしれないわね」

「そうでしょうか……そんなこともないと、思いますけど」

「ほら、そうやって否定することが、すでに自分に厳しい証拠じゃない。自分に甘い人は、そんなふうには否定しないわ」

口角をわずかに上げて、柔らかく微笑む。

「それに……人に好かれたいという欲求が強いわね。その思いが強すぎるせいで、人間関係に問題が起こったことがある。どう……思い当たるふしは、あるかしら」

絵麻はしばらく中空に視線を漂わせ、記憶をたしかめるように頷いた。

「たしかにそういうところは……あるかもしれません。いつもつい、付き合っている男の人のことを疑ってしまって……」

「わかるわ。でもそれは、あなたのせいではないの」

「そうなんですか」

「ええ……あなたの悲しい前世に、原因があるのよ」

かぶりを振りながら、奈緒美が視線をデスクの天面に落とした。

「あなたの前世は、中世ヨーロッパの貴族の娘なの。美しいあなたは、若い石工と恋に落ちた。貴族と平民、身分違いの許されない恋ね。当然、両親からは交際を反対された。それでもあなたたちは、人目を忍んで逢瀬《おうせ》を重ねたわ。言葉を重ねるたびに、互いの肌に触れるたびに絆《きずな》が深まる、燃えるような恋だった。そしてやがて、二人で遠い異国まで逃げようと決めたの。決行は満月の夜。待ち合わせ場所は湖のほとり。屋敷を抜け出したあなたは、その場所で彼が迎えに来るのを待った。待ち続けた。でも……」

「でも、なんですか」

前のめりになる手の甲を、奈緒美が優しく撫でる。それから目を細め、口惜しそうに唇を曲げた。

「そこに現われたのは、あなたのお父さんだったの。彼はお父さんに買収されて、あなたとの駆け落ちを断念することを承諾してしまったのよ」

「そんな……ひどいわ」

絵麻は信じられないという表情でかぶりを振った。こみ上げる感情が、声と肩を震わせている。

「わかったかしら……だからあなたが恋人を疑ってしまうのは、あなたのせいじゃないの。あなたの前世に原因があるのよ。心の底から愛した男性に裏切られたあなたは、親の決めた許婚《いいなずけ》との愛のない結婚を受け入れた。虚しさはあなたが死ぬまで消えることはなかった。現世のあなたがつい男の人を疑ってしまったり、恋愛に臆病になってしまうのは、前世の辛い記憶を引きずっているからなの」

「じゃあ……私、このまま一生結婚できないいんですか」

すがる視線を、静かな微笑が受け止める。

「安心して。あなたは性格に少しの弱点を持っているけれども、だいたいにおいてそれを埋め合わせることができている。それに……」

いいよどみ、沈黙に深刻さを含ませた。

「それに……なんなんですか。教えてください」

絵麻が切迫した表情で詰め寄ると、ふいに笑顔になる。

「あなたに……ひそかに想いを寄せている男性がいるみたいね」

「本当ですか。その人はどんな人なの。イケメン？　勤務先は？　年収は、いくらぐらいですか」

「よくないわよ。そうやって、人を見た目や肩書きで判断してしまうのは」

わずかに頬を硬くしてたしなめ、奈緒美は長い瞬きを挟んだ。

「そうね……すごく誠実で、仕事熱心で、あなたのことを一途《いちず》に想ってくれている純粋な男性だわ。ただその人は、まだあなたに想いを告げる勇気を持てないでいるみたい。自分があなたに相応《ふさわ》しい男なのかと悩んでいるようね」

「遠慮しないでいいのに……どうすれば、その男の人は私に告白してくれるんですか」

「あなたが前向きに生きる努力をすれば、きっと彼自身もあなたに告白する勇気を持てると思うわ。大丈夫。焦らないで、彼の決意が固まるまで待ってあげて」

絵麻は胸を撫で下ろした。

「よかった……ありがとうございます」

「あなたにはまだ、自分で気づいていない才能が眠っているわ。それを生かせるように、自信を持って」

デスクの上で結ばれていた手がほどけた。奈緒美がひと仕事終えたという感じで、ゆるやかに息を吐く。

「本当にすごいわ。なんでもわかっちゃうんだもの」

胸に手をあて、絵麻は興奮気味にまくし立てた。

「飼っていた犬のことや、部屋が散らかっていること、私の性格や……それに前世まで。どうしてこんなに私のことがわかるのって、びっくりしちゃった――」

そこまではらんらんと瞳を輝かせ、屈託のない口調だった。

が、ふいに唇の片端を吊り上げ、笑顔に棘を含ませる。

「というふうに思い込ませる詐欺師の手口が、わかっちゃった」

エンマ様の攻撃が開始された。

3

絵麻はデスクから手を引き、椅子の背もたれに身体を預けた。

首をかしげて、硬直する重要参考人の顔を斜めにする。

「どんなものなのか、興味あったのよね。インチキ占い師のコールドリーディングっていうの」

顎を引き、上目遣いに視線の切っ先を研ぎ澄ませた。

突如として態度を翻した女刑事の意図が理解できないらしい。奈緒美は呆気にとられた様子で、みぞおちを不規則に上下させている。まだ絵麻を敵だと認識できていないようだ。

「ご高説を拝聴した後で悪いんだけど私も忙しいから、いつまでもお遊びに付き合っていられないの。さっさと仕事させてもらうわね」

その言葉で、ようやく状況を察したらしい。

「どうぞ、刑事さん」

口角をわずかに上げて微笑む。しかし無理やりに作った表情は、頬が強張っていた。先ほどまでとは明らかに違う笑い方だ。緊張で眼球が乾いているらしく、瞬きの回数も増えている。

自供率百パーセント。「エンマ様」の異名をとる巡査部長の取り調べにおける生命線は、行動心理学に基づくノンバーバル《非言語》理論と、それを支える人並み外れた洞察力だった。

奈緒美に占ってもらったのも相手を油断させ、平常時の言動を把握し、なだめ行動を選り分けるためのサンプリングに過ぎない。

「インチキ……あなたはそうおっしゃいましたね」

「その通り、あなたの占い……霊視とやらは、たんなる言葉のトリックだわ」

「しっかりとした自分の考えを持つことは、いいことだわ。でも現実を認められないのは悲しいことよ」

奈緒美の視線に哀れみが浮かんだ。

絵麻はちらりと視線を落とし、相手の足もとを確認した。先ほどまでは真っ直ぐに自分を向いていたパンプスの爪先が、今は扉のほうを向いている。早くこの場から立ち去りたいという心理の表われだ。

「現実を認められていないのは、あなたのほうじゃないかしら。自分が殺人事件の犯人だと疑われている、現実を」

奈緒美の瞳に、不穏な濁りが宿る。

「あなた……まだ前世の因縁に囚《とら》われているようね。このまま克服しようという努力をしなければ、あなたの身に不幸が起こるわよ」

「たとえばどんな不幸なのか、具体的に教えて欲しいわね」

絵麻はデスクに肘をつき、顔の前で両手の指同士をつける『尖塔のポーズ』で自信を表わした。

「どうなの。いってごらんなさいよ。大事な物を失くすとか……友人関係に亀裂が入るとか、それとも、家族や私が交通事故に遭うとか、かしら。あるいは――」

口角を吊り上げ、挑戦的に微笑んだ。

「三日後に死ぬ……とかかな。あなたが、被害者の山本高臣《やまもとたかおみ》さんにいったみたいに」

一週間前、池袋の自宅マンションで一人暮らしの会社員、三十三歳の山本高臣が殺害されているのが発見された。死因は紐《ひも》状のもので首を絞められたことによる窒息死。第一発見者は無断欠勤を不審に思い、被害者の自宅を訪ねた職場の同僚だった。

警視庁は東池袋署に捜査本部を設置し、捜査を開始した。現場に物証はいっさい残されておらず、目撃者も存在しない。被害者宅の鍵にこじ開けた様子はなく、また争った形跡も見られないことから、顔見知りの犯行が疑われた。

ほどなく捜査線上に浮上したのが、手嶋奈緒美だった。敷鑑《しきかん》の刑事の聞き込みにより、生前、被害者が「自分の身になにかが起こったら、あの女の仕業だ」と同僚に漏らしていた事実が判明した。さらに被害者は死亡する三日前に奈緒美を訪ね、口論になった末、「三日後に死ぬ」と宣告されていた。いわば占い師の予言が現実になったかたちだ。

聞き込みに訪れた刑事に、奈緒美は事件当夜、自分の店にいたと供述している。居合わせた客からも証言が取れ、アリバイは成立した。

にもかかわらず、その数日後、捜査本部は奈緒美の任意同行を決めたのだった。

「自分の奥さんが内緒であなたに多額の金を貢いでいたことを知った山本さんは、奥さんをあなたから引き離した上で、あなたに返金を要求した。しかしあなたは断った。そこで山本さんは同じように金を騙し取られた被害者を募り、あなたを詐欺罪で告訴しようとしていた」

被害者は当初、怪しげな占い師のもとに足繁く通う妻の行動を黙認していた。妻は二年前に流産して以来、精神的に不安定な状態だったからだ。

――信じているわけではないが、心の支えになるのならば仕方がない。おれがいるだけじゃ駄目ってことなんだから。

妻が占いにのめり込み始めた当時、山本は酒の席で同僚に愚痴をこぼしていたという。

そんな山本の考え方が変わったのは数か月前、住宅購入のために積み立てていた口座の預金残高が底をついていることを知ってからだった。最初は数千円程度だった占い師への謝礼は、回を重ねるごとに倍々ゲームのように膨れ上がり、最終的には一回につき十数万円にも達していた。金の動きについては、山本の預金通帳から捜査本部でも確認している。

「表現に悪意を感じますが、あなたのおっしゃる事実関係に誤りはありません。山本さんの旦那様は前世の因縁によって奥様が子供を流産し、情緒不安定に陥ったという現実を、認めようとなさいませんでした」

奈緒美が敬語を使い始めたのは相手を警戒し、距離を置こうとする心理の表われだ。

「現実は山本さんの奥さんが流産し、その結果、情緒不安定に陥ったということだけよ。前世の因縁は、あなたのこじつけだわ」

「そう思われるのは、あなた方の自由です」

咎《とが》めるような視線が、絵麻と、その背後で取り調べの内容を記録する立会いの刑事に注がれる。

「そうもいかないのよ……現に人が一人、亡くなっているんだから」

「お気の毒ですが、仕方ありません。彼は私が与えた警告を無視したのですから」

「警告……じゃなくて、これは殺害予告でしょう。どう考えても」

絵麻はうんざりとしたように息を吐いた。

占い師に多額の金を貢いでいた妻を、被害者は責めた。ところが完全に奈緒美に感化され、マインドコントロール下に置かれていた妻は、逆に激しく夫をなじった。現実を見ろという夫と前世の因縁を持ち出す妻との論戦が妥協点を見出せるはずもなく、両者の主張は平行線を辿った。

その結果、夫は実力行使に出た。長野に住む妻の両親に連絡を取り、妻の身柄を預けたのだ。そして自らは占い師のもとへと赴き、これまで妻が支払った料金を返すように要求した。

捜査過程で明らかになった事実だ。

「山本さんはあなたの経営する喫茶店に、頻繁に顔を出すようになった。ときには店から出てくる客を捕まえて、目を覚ませと説得を試みることもあったようね。詐欺師の本性を暴くために仲間を集めようとしていた」

「詐欺師……」

一瞬、不快げに眉を歪めた奈緒美の脚が、デスクの下で交差する。不安や警戒、拒絶を表わすノンバーバル行動だ。

「いつの世も、預言者は虐げられるものです」

「そしていつの時代にも、偽者がはびこる」

「私が偽者かどうか、あなたが判断することでしょうか」

「私が判断するのは、あなたが犯罪者かどうかよ。そしてその前提として、あなたの霊感占いとやらが、インチキかどうかを見極める必要がある」

「山本さんの旦那様が、私に良い感情を抱いていなかったことは存じています。あなたと同じように、私を詐欺師と呼んでいたことも。しかし私の霊視によって救われたと涙を流しながら感謝する人は、その何倍も存在するのです」

「自信満々ね」

「自信……という表現は正しくありません。私に霊能力があるのは、信じるとか、信じないなどという次元ではない、揺るぎない事実なのですから。霊魂と対話し、前世を見通しつつ、相談者が前向きに生きるための適切な助言を与える。これは神が私に与えた使命なのです」

強い意志を漲らせた眼差しが、ふいに緩む。

「私の助言によって転職し、毎日が楽しくなったという方がいます。私の言葉を信じて行ないを改めてみたら、恋人ができたという方もいます。自殺未遂を繰り返していたけれど、前向きに生きることができるようになったという方もいる……」

うっとりと自己陶酔する口調がむず痒くて、絵麻は髪の毛をかきむしった。

「心の弱い人たちにはなにかしら信じるものが必要だものね。たとえその対象がインチキ占い師のあてずっぽうな助言だとしても。そういう人たちにとっては、あなたの言葉は光明になったかもしれない。鰯《いわし》の頭もなんとやら、とはよくいったものだわ」

「娘さんの脳腫瘍が小さくなった、と喜ぶ女性もいらっしゃいました。私があなたのいうインチキ占い師や詐欺師だったとしたら、そんなことは起こり得るのでしょうか」

「そんなのはたまたま、でしょう」

「その方のご両親、つまりは闘病する娘さんのお祖父さんとお祖母さんにあたる方々が、お孫さんに最先端の医療を受けさせるため、いくらつぎ込んだのか想像がつきますか。数百万では済みません。なのに医師たちは脳腫瘍をなくすどころか、病気の進行を止めることもできなかった。ところが私が霊視したとたんに腫瘍は小さくなった。医師は病気だけを見て前世を見なかったのだから当然なのですが、これではどちらが詐欺師なのかわかりませんよね」

熱を帯びる口調を冷ますように、絵麻はふっと息を吐く。

「認知的整合性理論という言葉を、知ってる？」

「いえ、存じ上げませんが」

「心理学用語よ。知識や信念などの認知的要素に非一貫性があると不快に感じるので、人間は自分の態度を変容させる、という考え方。簡単な言葉で、合理化と呼ぶのだけど。そうね……わかりやすく説明すると、街でばったり知り合いの男の人に会う偶然が何度か続くと、それが運命の相手だと結論づけちゃうのと同じ、かなあ……いや、なんか微妙な喩えかも」

絵麻は顔を歪め、首をかしげた。

「とにかく人間の脳は偶然に起こった一連の出来事を、合理化して必然に変えてしまうの。そこに詐欺師やインチキ占い師のつけ込む余地が生まれる。やれ恋人ができた、やれ脳腫瘍が小さくなった、なんてのはたんなる偶然。たまたまいいことが起こって、そのときたまたまあなたに相談していたから、相談者はあなたの助言のおかげだと解釈した。私はむしろ、そんなに深刻な悩みを抱えた人たちから、あなたが金をむしりとっていた事実に嫌悪感を覚えるけれど」

「お金が幸福の指標ではないでしょう」

「ずいぶん矛盾したことをいうのね。お金が幸福の指標でないのなら、どうしてあなたは、悩みを抱えた人に金銭を要求するの」

「私が要求しているわけではありません。皆さんが感謝のしるしとして、自主的に謝礼を手渡してくるのです。感謝の気持ちを拒む必要があるでしょうか」

「あなたへ相談する人の中には、そのせいで経済的に困窮してしまった人もいるわ。消費者金融で借金までしている人もいる」

「そうまでしてくれる方の感謝ならば、なおさら拒むわけにはいきません」

奈緒美は真っ直ぐに正面を見据えていた。相手を騙してやろうという企みも、悪事がばれるかもしれないという怯えもいっさいうかがえない、堂々とした佇《たたず》まいだ。

「じゃああなた、自分のしたことが悪いとは、まったく思っていないの」

「なぜそう思う必要があるのか理解できません。私は迷える人たちを導いただけなのです」

「そしてあなたの邪魔をした山本さんを、死に導いた」

直接的な表現で牽制《けんせい》してみたが、奈緒美の態度に乱れはなかった。

「私は導いたのではなく、警告したのです。かわいそうですが、彼は私の警告を受け入れようとしなかった。だから命を落とすことになった」

なだめ行動はまったくない。

サイコパスだろうか——。

絵麻は考えた。反社会行為を扇動する新興宗教家、連続殺人鬼、そして詐欺師の中にも、他人にまったく共感を抱くことのない人格障害者が多い。彼らは自らが犯した罪についての後悔を、微塵も感じることがない。手嶋奈緒美は人格障害、サイコパス。だから山本殺害について否認する際になだめ行動を伴わないのか。

いや、違う。

他人への共感を抱くことはなくとも、サイコパスには強烈な自己愛がある。それが後ろめたさではなく、たんに刑罰を受けることへの恐怖だとしても、嘘を暴かれまいとしてなだめ行動を見せるはずだ。

だとしたら奈緒美は無実なのか。状況証拠という認知的要素を合理化した捜査本部が、無実の人間に疑いをかけているだけなのか。

葛藤を打ち消しつつ、絵麻は捜査本部の見解を告げた。

「あなたは山本さんの殺害に、なんらかの関与をしているはずよ。もっというならば、あなたが誰かに指示をして山本さんを殺害させたと、上は考えている」

アリバイは成立、物証はなし。あるのは重要参考人が被害者と対立しており、被害者の死期をいい当てたという事実だけ。自供を引き出す以外に犯行を立証する方法はない。そんな状況で奈緒美に任意同行を求めた捜査本部の決断は、いっこうに進展しない捜査状況への焦りの表われであり、危険な賭けだった。

「私が……誰かに指示を出して、ですか。おかしな話ですね。人を殺せと命じることが、迷える人の救済になると？」

「普通はありえないけれど、あなたなら、そう信じ込ませることができる」

「私はそんなことをしていません。だいいち、かりに私がそんなことを誰かにいったところで、従う者などいないでしょう」

「そんなことはないわ。ミルグラム実験が証明している」

「ミルグラム……」

「そう、ミルグラム効果。アメリカの心理学者、スタンリー・ミルグラムが行なった実験によって証明された心理効果のことよ。ホロコーストに関与したナチス将校の心理状態を解明する目的で行なわれた実験なの。多くのユダヤ人を虐殺した将校は、はたして残忍な人格異常者だったのか……答えはノーよ。彼らはごく普通の市民だった。しかしナチスによってマインドコントロールされ、たくさんの人間を殺した。ミルグラム実験によれば、自らが全責任を負うという権威者の命令に、人間は逆らうことができないという結果が出たの。人間の自我というのは曖昧なものでね、なにが正しいのか、間違っているのかすらも、ほかの誰かに決めてもらわないと安心できないってわけ」

「悲しいお話ですね……」

目を伏せる奈緒美になだめ行動は見られない。他人に共感を抱くということはつまり、人格障害ではないということだ。

「あなたにだって同じことができたはずよ。あなたに心酔する人間にとって、あなたは絶対的な権威だわ。普通の感覚なら、経済的に困窮するに至るまで占い師に金を払ったりはしない。でもそういう人間が、あなたの周囲にはたくさんいる。その人たちは異常者なのか……そうじゃない。あなたに出会うまでは、ごく普通の生活を営む、ごく普通の人間だったはず。あなたが彼らを変えたの。あなた自身に特殊な能力があると信じ込ませ、相手をマインドコントロール下に置くことでね」

「私がヒトラーと同じだといいたいのですか。私は違います。迷える人々を正しい方向に導いているのです」

「ヒトラーだってオウムの麻原《あさはら》だって、同じことをいうでしょうね」

「彼らと私は違います。私は間違っていない。人を殺せと誰かに命じてもいないし、私を慕ってくれる誰かが、山本さんを殺すなどということもありえない」

毅然《きぜん》といい放つ奈緒美になだめ行動はなかった。

「ならばどうしてあなたの予言通りに、山本さんは亡くなったのかしら。それも他殺というかたちで」

「未来が見えたからです。行ないを改めなければ、彼は死んでしまう。そう思ったので警告を与えました。予言が当たったことで私を疑うのですか。これは私に未来を見通す能力がある、私が選ばれた人間であるということの証明にはならないのですか」

やはりなだめ行動はない。それどころか胸を張る奈緒美には、崇高な使命を背負う自負すらうかがえる。足もとを確認すると、交差されていた脚も解け、爪先も正面を向いていた。

奈緒美は山本を殺していないし、誰かに殺害の指示を与えた事実もない。しかし予言通りに、被害者は殺された。

なんらかのかたちで、奈緒美が関与しているのは間違いない。

反社会行動を扇動する多くの犯罪者と同じく、妄想性人格障害かと思われた奈緒美には、他人への共感性があった。人格障害ではない。しかし詐欺行為にかんしての自覚はなく、自らに霊能力があると本気で信じている。

と、いうことは——。

「なるほど……ね」

垣間《かいま》見えた事件解決への糸口を逃さないように、絵麻は唇を嚙み締めた。

4

「資料によると、あなたが占いを始めたのはおよそ八年前。最初は趣味の延長に過ぎず、軽い気持ちでカウンター越しの客にタロット占いを始めた……といっているわ、あなたの別れた旦那さんは」

絵麻は捜査資料から視線を上げた。奈緒美に感情の揺らぎは見られない。

「ところが占いがよく当たると評判になり、やがて店の一角をカーテンで仕切って、専用のスペースを設けるようになった。このころから、あなたはタロットカードを手にしなくなり、いわゆる霊感占いと呼ばれる手法に移行した。最初のうちはサービスで行なっていたのが、客が謝礼として金銭を渡してくるようになってから、本業の喫茶店での収入を上回るのに時間はかからなかった。旦那さんはあなたに客を占うよう勧めたことを、後悔していたわよ。店の経営は上向いたけれど、あなたの言動がおかしくなった。夫婦のすれ違いが始まったって」

「私が『目覚めた』というだけの話です。あの人と私には前世での繋がりがなかった。そのことに気づいたのですから、もはや一緒にいることはできません」

「そうかしら」

絵麻は苦笑で肩をすくめる。

「旦那さんの話によると当初あなたは、私たち夫婦は前世でも結ばれていた、だから相性がぴったりなんだといっていたそうじゃない」

「その通りです。しかしその当時は私が未熟だったせいで、前世が途中までしか見えていなかったのです。前世の彼は、私と結婚した後で若い女に走った。私たちが最後まで添い遂げることはなかった」

「それは後付けの屁理屈《へりくつ》でしょう。ああいえばこういうって感じね。実際には、旦那さんは浮気なんてしていないじゃない。占いにのめり込むあまり不審な言動をとるようになったあなたを諌め、占いをやめるように忠告した。そのことで関係に亀裂が入り、やがて旦那さんは家を出て、離婚に至った」

「きっかけはなんであれ、私たちが別れることになった結果は前世と同じになりました」

「前世なんてないわ。もし存在するとしても、あなたがいうのとは違う」

「そんなことはありません。私には見えている」

なだめ行動なし。絵麻はやれやれと息を吐いた。気を取り直すように肩を上下させてから、あらためて重要参考人に向き合う。

「それにしても手嶋さん、あなた、儲かっているわりにずいぶん地味な格好しているわよね。いったいどこにお金を遣っているの。銀行に貯め込んでるの」

「いいえ。私は幼いころに父を亡くしたので、母子家庭を支援する財団にできる限りの寄付をしています」

なだめ行動はない。

「ふうん、そうなんだ。てっきり……私はその地味な服装も、占いを成功させるための巧妙な自己演出だと思ったんだけど」

怪訝そうに眉をひそめる奈緒美に、にやりと微笑んだ。

「結局のところ、霊感占いだとかいっても、行動心理学の応用に過ぎないのよね。さっきあなたに占ってもらって、そのことがよくわかったわ。行動心理学においては、その人の身につけている衣服やアクセサリーも重要なメッセージとなる。露出度の低さは誠実さや辛抱強さ、他者を許容する心の広さを、衣服の実用性の高さは熱心さや利口さ、自信に溢れる内面を、衣服意識の低さは明晰《めいせき》な思考や他者を操る意図はないという安心感を、相手に与えるの。身なりで相手への印象を操作できるというわけ。たとえばテレビに出演する霊能者なんかに意外と地味な服装をした普通のおばさんが多いのは、そういう理由から。水晶を前にヴェールをまとった、いわゆる典型的な占い師の格好というのは、実際には相手を身構えさせ、警戒させてしまう」

「私にはそういうつもりなどありません」

「かもしれないわね。あなたは行動心理学を机上で学んだわけではない。でもその代わりに、数限りない実地研修の機会があった。今回はなぜか相手の反応が薄かった、ためしにアクセサリーを外してみたら、次の相手の反応は良かった、という感じで、無自覚に行動心理学を実践してきたのかもしれない」

「違います」

「違わないわ。まずは服装で相手に安心感を与える。そしてふだん使っている筆記具で、自分の名前と生年月日を書かせる。でもここでは実は、書かれた内容が問題ではない。字の大きさや筆圧で、ある程度相手の性格を推し量ることが可能になる。使っているペンや、それを取り出すバッグのブランドなどを観察すれば、おおよその嗜好《しこう》や、あるいは経済状況を推測することもできる」

反論しようとする奈緒美の動きを、手の平を向けて封じた。

「そしてあなたは相手の手を握る。これにより自然な動作で相手のパーソナルスペースに侵入し、親密さを演出することができる。そして同時に手の温度や乾き具合、握り返す強さなどから、ここでも相手の性格や、あなたの発言にたいして相手がどう感じているのかがわかる。急に手が冷たくなったら、不快な思いをしているので話題を変える必要がある、とかね。喫茶店の一角で占いを始めたというのも、あなたにとっては好都合だった。食事中に提示された意見は好意的に受け取られる。これをアメリカの心理学者、グレゴリー・ラズランは『ランチョン・テクニック』と名づけているわ。食事の快楽が相手への好感に結びつくというわけ」

唇を内側に巻き込むなだめ行動。奈緒美は大きなストレスを感じているようだ。

「とまあ、ここまでは私がいつも取り調べのときにやっていることと変わらないんだけど、ここからが、私とあなたの違いよね。あなたは相手に安心感を与えた上で、いかにも相手のことをよく知っているように錯覚させる話術、コールドリーディングに移る」

「錯覚ではありません。私にはちゃんと見えている」

絵麻は手をひらひらとさせた。

「まあまあ、そうとんがらないで話を聞いてちょうだい。信じさせるのがあなたの仕事、疑うのが私の仕事なんだから。ぜんぶ話を聞いた上で、反論があるのなら受け付けるから」

いったんなにかいいかけた奈緒美だったが、やがて肩を落とし、話を聞く態勢になった。

「まずあなたは、犬が見えるといった。そして私は、それを子供のころに実家で飼っていた犬の記憶と結びつけた。まるであなたは最初からそのことを知っていたような雰囲気だったけど、実際にはそうじゃない。あなたは私のことなんてなに一つ知らなかった。ただ犬が見えるといっただけ。いま現在犬を飼っている人ならば、そのことをいい当てられたと驚くだろうし、そうでなくとも、かつて犬を飼っていた、隣の家の犬をかわいがっていた、いまは飼えないけれど、いずれは飼いたいと思っている、もしくは犬嫌いならば、かつて近所の犬に咬《か》まれた経験がある、とか、犬にまつわる思い出がない人なんて、まずいないものね。あなたがいい当てたんじゃなく、いい当てられたと感じた相手が、勝手に喋《しゃべ》っただけ」

「ならば犬の名前までわかるはずがないでしょう」

「そうね。でもあなたは『シロ』といっただけだわ。偶然にも私が飼っていた犬の名前が『シロ』だったから、私はそれを飼い犬の名前と解釈した。だけど、白い犬を飼っている人ならば、それを毛並みの色をいい当てられたと受け取るでしょうね。全身が白でなくとも、白と黒とか、白と茶色の毛並みかもしれない。あるいは、白い犬小屋で飼っていたかもしれないし、犬の好きなおもちゃが白かったかもしれない。本当のところは、あなたはなにも知らない。でもそれでかまわないの。あなたが発した言葉を、相手が都合のいいように解釈して、勝手にぺらぺらと喋ってくれるから。そして私は、中学まで犬を飼っていたといった。中学まで、ということは、犬が死んだという予測がつく。だからあなたは、かわいそうでしたね、と告げた。この言葉が完璧なのは、万が一、犬が死んでいなくて、どこか別の家庭に引き取られただけだとしても、飼い主との別れがあったのは確実だから、その別れにたいする慰めの言葉にもなるということよ。さらに、散歩の途中でリードを放してしまった……私がそこまで話してしまえば、後の展開は誰にでも想像がつくわよね」

奈緒美は無言で、絵麻を睨みつけている。

「そして次にあなたは、シロの目を通して、私の部屋が散らかっていることを見抜いた。見抜いたのではなく、見抜いたように見せた。ここであなたが、ふだん使用している筆記具で、名前と誕生日を書かせたのが生きてくる」

絵麻は足もとからバッグを持ち上げ、口を開いて逆さまにした。

そのとたんに化粧ポーチやカールドライヤー、食べかけに封をした菓子パンやスナック菓子の小袋などが、デスクにぶちまけられる。

「私がペンを取り出そうとしたときに、この中身が見えたんでしょう。バッグがこの状態で、自分の部屋を整理整頓できているはずがないものね」

散乱した内容物をバッグに戻しながら、絵麻はいった。

「まずはそうやって、この占い師は本当になんでも見通しているんだと、相手に強烈な印象を植え付ける。それが成功すれば、後はもう言葉遊びよね。明るく社交的な人として周囲に映っている反面、警戒心が強く、他人との間に壁を作ってしまうこともある。強い女性として振る舞っているけれども、不安に苛まれて怯える夜を過ごすこともある。これまでの人生で、素直に自分をさらけ出すことの怖さを、身をもって知った。自分に厳し過ぎる。人に好かれたいという欲求が強い。たしかに当たっているわ。だけどこれって実は、誰にでも当てはまることじゃない。でもすごく効果的な言葉でもある。断定的な言葉で二面性を指摘された人間は、自分の内面を見透かされたと錯覚してしまう……フォアラー効果と呼ばれる、心理学者によって実証された誘導尋問の手法よね。アメリカの心理学者、バートラム・フォアが心理検査と称して、学生たちに今あなたがいったのと同じ結果を伝えたところ、ほとんどの学生が分析は当たっていると答えた……」

絵麻は両手を広げ、肩をすくめた。

「素晴らしいと思うわ。専門的に心理学を学んだわけでもないのに、あなたは鮮やかに人の心を操っている。前世のくだりはほとんど少女漫画みたいな悲恋話だったから、笑いを堪えるのが大変だったけど。本当に悩みを抱えて、なおかつそれまでのコールドリーディングですっかりあなたに心酔してしまった相手には、あれでも有効だったんでしょうね。本当に感心した。あなた、才能があると思うわ……詐欺師の才能が」

怒りに肩を震わせていた奈緒美が、金切り声を上げた。

「違う！　私は詐欺師なんかじゃない！　私には見える！」

フリーズ、フライト、ファイト。危機に瀕した動物が見せる三段階の反応のうち、奈緒美はファイト——戦闘の姿勢を見せている。大きな危機感を抱いている証拠だ。

「あなたには特別な力なんかないの。あなたには見えていない……なんにもね。これがその証拠よ」

絵麻はトートバッグをデスクの上に置いた。

「実はこのバッグ、そしてこの中に入っていたボールペンも……私のじゃないの」

奈緒美の大きく開かれた瞼の中で、瞳孔が収縮する。

「ふだん使っている筆記具で名前と生年月日を書いて欲しい。あなたにそういわれて、私はこの部屋を出たわよね。でも、私が向かったのは、捜査一課の刑事部屋じゃない。警務課の女の子に頼み込んで、バッグを貸してもらったの。なかなか了承してもらえなかったから少し時間がかかっちゃったけど」

紙に躍る自分の筆跡に人差し指を置いて、駄目押しをした。

「ついでにいっておくと、この生年月日……これも出鱈目」

フリーズ——硬直の姿勢を見せていた奈緒美が、懸命に平静を取り戻そうとする。

「そうですか……でも、他人のペンであろうと、書かれた生年月日が違っていようと、あなたの筆跡からはあなたの波動が伝わってきました」

フライト——逃走。なんとかいい逃れようとする声が震え、明らかな動揺を見せている。

「私の筆跡から……私の波動が？」

絵麻は意地悪な上目遣いで、重要参考人を覗き込んだ。

「ええ、おかげで少しイメージが混乱してしまいましたが、たしかにあなたの波動でした」

「たしかに、私のエネルギーだったの？　あなたは私のことを見たの？　うちの実家で飼っていた犬のシロのことも、本当に見えたの」

「はい、間違いありません。あなたの実家で飼っていた、犬のイメージが見えたんです」

「おかしいな……」

腕組みをして、わざとらしく首をかしげる。

「うちの実家で犬を飼っていたなんてことは、ないんだけど」

奈緒美の顔から完全に血の気が引いた。

「ねえ、西野」

絵麻は背後に顔をひねり、呼びかけた。

「はい、なんでしょう」

キーボードを叩く音が止まり、西野が振り向く。

「前に聞いた、あんたの中学時代の思い出話、手嶋さんにもしてあげたら」

一瞬、ぽかんとした西野だったが、すぐに得心がいった顔になり、身体ごと重要参考人のほうに向いた。

「保健所で処分されそうだった犬を引き取って、実家で飼っていました。全身が白い毛で覆われていたので、シロと名づけてかわいがっていました。ところがある日、僕が中学二年生のころ、シロの散歩に出かけて、ふとした拍子にリードを放してしまったんです。シロは車道に飛び出して、大型トラックに撥ねられてしまいました。今でもたまにあのときのことを思い出して、申し訳ないことをしたと後悔することがあります」

話しているうちに過去が甦ったのか、西野は瞳を潤ませていた。

呆然としていた奈緒美だが、女刑事の糾弾の視線を感じたらしい。はっと我に返った顔になる。

「そうだったのね……私が見ていたイメージは、そちらの男性の刑事さんの過去だったみたいだわ」

同情の眼差しを作る奈緒美に、絵麻は噴き出した。

「あら、変ね。おかしいじゃない。シロは私と一緒にいるんでしょう」

重ねた手の上に顎を置き、にやにやと頬を緩める。我ながら性格が悪いと思うが、どうにも止められない。

「シロの魂は彷徨っているのです……たまに別の人について行ってしまうこともあるでしょう」

「勝手に他人の家までついていきて、部屋が汚いとか文句をいうわけ？　お節介を通り越して、ちょっとうざいわよね、その犬。ま……その点は飼い主に似ているのかもしれないけど」

ちらりと西野に視線を流してから、首をひねった。

「でもやっぱり変よ。シロは、私を恨んでいないといった」

「そのへんは……イメージが混同してしまって……」

「いや、問題はそこじゃないの。かりにシロが本来の飼い主だった西野に向けたメッセージを、間違って私に発信してしまったとしても、やっぱり変なの。だってシロ、なんていったのかしら……あのとき、道路に飛び出してしまった……ええと」

いいよどむ絵麻を、奈緒美が引き継いだ。

「僕が悪かっただけなのだから、自分を責めないで。僕のぶんまで幸せになって」

すると背後で西野がすすり泣きを始めた。すっかり感極まってしまったらしい。

「西野っ」

絵麻はあきれ顔で後輩をたしなめた。

「あんたもわかってるでしょう。彼女のいってることが、出鱈目だって」

「わかってます……わかってますけど、シロのことを思い出しちゃって……」

腕に顔を押しつけながら、必死に声を殺している。

「まったく……あんた見てると、インチキ占い師に大金を貢いじゃう人が後を絶たないってのも頷けるわね。勘弁してよ」

「そうはいいますけどね、楯岡さんっ……今みたいなことを……本当にシロがいってくれたのかと思うと……やば……やばいっす……我慢できないっすよ」

声が途切れ途切れだ。涙を懸命に堪えているらしい。

「今のはシロの言葉じゃない。それはあんたが、一番よくわかっている」

「はい……」

「なんでそうなのか、説明してあげなさい」

顎をしゃくっても、西野は顔を上げようとしなかった。腕に顔を埋《うず》めたまま、ひっくひっくと肩を跳ね上げている。

「あんた刑事でしょ。しっかりしなさいって」

絵麻に二の腕を小突かれて、ようやく顔を上げた。

目をぎゅっと閉じたり、唇をきつく結んだりしながら、西野は話し始めた。

「僕が……悪かった……そういうふうに、あなたはいわれ……いわれましたけど……それはおか、おか、おかしいです……だって」

そこまでいって、いったん歯を食いしばった。こみ上げる嗚咽と格闘しているようだ。それから深くうつむき、顔を左右に振ってから、ひと息に言葉を発した。

「シロは、雌だったから」

「というわけ。調子に乗ったせいでボロが出たわね」

絵麻は正面に視線を戻した。腰を浮かせ、焦点の定まらない目をした重要参考人の顔の前で、おういと手を振ってみせる。

「あなたが見えていたものって、いったいなんなのかしら。私のことも、西野のことも、私がバッグを借りてきた警務課の女の子のことも、なに一つい当てられていないじゃない」

「でも……でも、私には――」

「見えていた……そういいたいんでしょう。たしかにそうなんでしょうね。霊視をするときのあなたに、なだめ行動は見られなかった。ということは、本気で自分に特殊な能力が備わっていると信じていたということ。でもね、あなたが見えたつもりになっていたものは、現実ではない。あなたに救いを求め、悩みを打ち明けてくる人たちが欲している言葉であり、状況であり、映像に過ぎないの。それが真相よ。難しいでしょうね、今まで信じていたものを否定するのは……でも、受け入れなさい、現実を。あなたは偽者」

絵麻は鋭い視線で奈緒美を見据えた。

「これで少しは解けたかしら。あなたへの……マインドコントロールが」

5

しゃくり上げる音が止まり、取調室に沈黙が訪れた。

「え……楯岡さん、いったい……」

腰を浮かせる西野の動きを視線で止めて、絵麻は正面を向いた。

「通常のマインドコントロール、つまりは洗脳と被洗脳の関係においての洗脳者は、人格障害である場合が多いの。ヒトラーが自己愛性人格障害や、境界性人格障害であったというのは有名な話。オウムの麻原を始めとした、多くの反社会的カルト教団の教祖もそうだといわれているわ。人格障害者は思考回路が普通の人間とは根本的に異なるから、常人にはないカリスマ性を持っていて、その雰囲気で普通の人間を圧倒し、巧みな言動で心を制圧し、マインドコントロール下に置く。他人への共感がないから、人を利用することに躊躇《ためら》いも罪悪感もない。妄想性人格障害者が普通の人間の心を支配し、妄想性障害に陥らせる。これが一般的な洗脳の図式。ところがあなたは、私がしたホロコーストの話に同情や哀れみを見せた。これは人格障害者にはありえない反応なのよ。それなのにあなたは、自分に特殊な能力があると信じ込んでいる。つまり被洗脳——妄想性障害の状態にあるということ。あなたが相談者をマインドコントロールしたのと同じように、あなたもまた、相談者によってマインドコントロールされていた」

背後で西野が立ち上がる。

「どういうことなんですか、楯岡さん！　彼女が相談者をマインドコントロールして、金品を巻き上げていたんじゃ……」

「あんたは黙ってなさい、西野」

絵麻は後輩刑事を追い払うように手を振り、じっと奈緒美を見つめた。

「受け入れがたいのはわかるわ……でも、私を霊視してみてわかったでしょう。あなたには現実も、真実も見えていない。あなたに見えているのは、相談者の望むままに歪んだ景色なの。すごい、よく当たる、なんでもお見通しだ、あなたこそ本物だ。相談者からの賛辞が、あなたを妄想性障害に陥らせた。ただの話術に過ぎないコールドリーディングを本物の霊能力だと錯覚するようになった……あなたは特別なんかじゃない、ごく普通の人間に過ぎないのよ。あなたと相談者たちは支配と被支配というより、互いにマインドコントロールを深め合う関係だった……あなたは相談者にとって、都合のいい人生の救世主として祭り上げられていたの」

「そんな……そんなはずがないわ」

大きくかぶりを振る奈緒美の瞬きが、明らかに長くなっている。目の前の現実から目を逸らしたいという心理の表われだ。

絵麻は立ち上がり、椅子ごと奈緒美の斜向《はすむ》かいに移動した。反対意見を持つ者同士は対面の席に座る傾向が強いというスティンザー効果の応用だ。これにより、相手に同調している印象を与えることができる。

さらに絵麻は奈緒美の手をとり、両手で包み込んだ。パーソナルスペースに侵入し、親密さを演出したのだ。

　そして相手の目をじっと見つめた。

「辛いでしょう……わかるわ。でももう終わりよ。自分の人生を取り戻しなさい。あなたは、選ばれた特別な存在なんかじゃない。あなたのもとを訪れる、悩める人たちと同じ」

「違う……違う。だって私は、たくさんの人を救ってきた。正しい方向に導いてきた」

「そうね、あなたの占いに救われたという人は、たくさんいるかもしれない。でもあなたの占いが原因で一人の人間が殺されてしまったというのも、紛れもない事実」

「そうじゃない！　私には見えた……彼が亡くなってしまう場面が、たしかに見えたの」

「いいえ、違う。さっきもいったでしょう。あなたにはなにも見えていない。見えたつもりになっているだけ……あなたの予言が当たったのではなく、誰かがあなたの予言を実行し、当たったように見せかけたの」

「どうして……そんなことをする必要が」

「それはおそらく、あなた自身へのマインドコントロールが解けないようにするためじゃないかしら。山本さんを殺した犯人は、あなたの妄想性障害が持続し、あなたが霊能者であり続けることを望んでいた」

自分の仮説が矛盾していると、絵麻は思った。

もしも奈緒美をマインドコントロールし続けようという意図のもとに殺人を犯したのならば、犯人は奈緒美の霊能力に懐疑的だったことになる。

「手嶋さん、あなた……交際している男性はいるの」

「いえ、主人と離婚して以来、そういう存在はいません」

なだめ行動なし。

「家族や親戚、友人などにお金を貸しているか、あるいは貸してくれと頼まれたことは」

「ありません。十年前に母が亡くなって以来、親戚とは疎遠になっています」

ということは、犯人は奈緒美の金が目当てだったのではない。

犯人は奈緒美に特殊な能力がないことを承知していた。にもかかわらず奈緒美の予言を実現するために、殺人を犯した。そこまでするのだから、奈緒美の妄想性障害が持続することで、殺人を犯すリスクに相応な利益を得る人間だ。かといって、奈緒美の経済力を当てにしていたわけでもない。

奈緒美がマインドコントロールされ続けることで、得をする人間。

まさか……。

「手嶋さん、そういえばあなたさっき、子供の脳腫瘍が小さくなったという女性がいたって、いってたわよね」

「ええ、江口《えぐち》さんです。江口……聡子《さとこ》さん。一年ほど前から、私のところに通っていらっしゃいました。小学五年生の娘さんが小児がんで、脳腫瘍が視神経を圧迫していたらしく、失明も時間の問題という状況でした。腫瘍は外科手術ができない場所にあり、現代医学では手の施しようがないということで相談に来られたのです」

「それで、あなたはどうしたの」

「週に一度ほどいらっしゃる江口さんの霊視をするようになり、ときには娘さんの入院している病院まで出向いて、娘さんを直接霊視することもありました」

「病院にまで行っていたの」

「はい。こっそりと……」

「どうしてこっそり行く必要があるの」

「最初におうかがいしたときに江口さんのお父様からひどく怒鳴られて、追い返されてしまったからです。大事な孫に怪しげな占い師を近づけるわけにはいかない、自分たちはできる限りのことをしているとおっしゃられて……」

　絵麻は捜査資料をめくり、江口聡子についての記述を探した。

江口聡子、三十二歳。夫と離婚し、八王子の実家で両親と子供との四人暮らし。奈緒美に深く心酔しているためにいったんは殺人の実行犯として疑われたが、犯行当時は入院する子供に付き添っていたと病院の看護師が証言しており、アリバイが成立している。

「江口聡子さんがあなたのもとを訪れるようになってから、お子さんの脳腫瘍が小さくなってきたのね」

「そうです。お医者様も驚いていたと、江口さんはおっしゃっていました。両親のことは気にしないで。あなたのお陰で娘の腫瘍が小さくなったのだからぜひ来て欲しいと、江口さんが招いてくださって」

だとしたら江口聡子が犯人だということはありえない。奈緒美に深く心酔する人間にとって予言は実行に移すものでなく、当然に成就するものだからだ。

「江口さんのお子さんの脳腫瘍は、もう完全になくなったの」

「いえ、だんだんと小さくなり、すぐに失明したり、生命に危険が及ぶことはないようですが、予断を許さない状況には変わりありません」

なだめ行動を見せずに、奈緒美がかぶりを振る。

そういうことか。

絵麻は肩を上下させ、深い息を吐いた。瞬きが長くなったのは、突き止めた真相が痛ましいものだったからだ。

「最後にもう一度だけ、確認させてもらうわね。あなたはお金を取り返そうと頻繁に店を訪れていた山本高臣さんと口論になり、感情的になって、三日後に死ぬと宣告した」

「はい」

「しかしあなたが誰かに山本さんを殺害するように指示をした事実はない。もちろんあなた自身が、山本さんを殺してもいない」

「そうです……」

なだめ行動なし。発言に嘘はない。

確信とともに、絵麻はメモ用紙にペンを走らせた。

「西野、これ……お願い」

指先に挟んだメモ用紙を、背後に差し出す。

受け取った西野が、走り書きの筆跡を確認してはっとした顔になった。

「楯岡さん……」

頷く絵麻の真剣な表情で、現実を受け止めたらしい。扉のほうに向かって歩き出す。

しかし振り返りながらの足取りに、戸惑いが滲んでいた。

扉が閉まったのを確認すると、絵麻はふたたび奈緒美を向いた。

「あなたは犯人じゃなかった。疑ってごめんなさい……でも、あなたの霊能力とやらが殺人事件を引き起こしたのは事実よ。そのことを知って今後どうするのかは、あなた次第ね」

「犯人が……わかったんですか」

「ええ、これから任意同行して取り調べをすることになるけれど、おそらく間違いない」

「いったい、誰が……」

「江口聡子さんのご両親のうち、どちらか。あるいは両方。絞殺というある程度腕力の必要な殺害方法を考えると、実行犯はたぶん父親のほうでしょう」

奈緒美が大きく目を見開いた。

「どうして……江口さんのご両親は、私の霊能力を信じていなかったのに」

「認知的整合性理論による合理化よ」

絵麻はため息混じりに言葉を押し出した。

「今回の場合、江口さんのご両親の認知的要素としては、孫が小児がんに侵されている、そして孫の病気を治すために、娘が占い師に頼った、病院に招いて霊視を依頼するほど、娘は占い師に傾倒している、さらに娘は占い師にたいし多額の金を貢いでいる、という事実があるわね。この段階では、江口さんのご両親は、たんに娘が怪しげな占い師に入れ込み始めた、なんとか目を覚まさせなければ、という考え方で認知的要素に一貫性を持たせることができる。ところがここに、娘が占い師とかかわるようになって以来、孫の病状が改善してきた、という事実が加わると、認知的不協和が起こる。脳があなたの存在と、孫の腫瘍が小さくなってきた事実を結びつけるという合理化を、行なわざるをえなくなってくるの。つまり、あれほど娘が心酔し、大金を貢いだからこそ孫の病状がよくなった、と解釈したほうが楽だということ。あなたの霊視と孫の病状が改善した事実を、たんなる偶然と片づけられなくなったというわけ。相談者たちに起こった偶然の幸福を合理化し、自分に霊能力があると錯覚したあなたなら、その理屈はよくわかるはずよね」

視線を上げて確認すると、奈緒美の頰がぴくりと痙攣する。

「被害者の山本さんはあなたの周辺を嗅ぎまわり、同志を募っていた。江口さんのご両親も当初はあなたのことを好ましく思っていなかったわけだから、どこかで接点を持っていたとしてもおかしくない。しかし孫の病状が改善してきたことで、江口さんのご両親の態度は変わる。たとえあなたが偽者で、孫の腫瘍が小さくなったことがたんなる偶然だったとしても、良好な現状に波風を立てたくないというのは自然な考えよね。でも、あなたの悪行を暴きたい山本さんにとって、そんな理由はとうてい納得できない。そんなとき、あなたと山本さんが口論になった。三日後に死ぬという宣告をされた山本さんは、予言が外れればふたたび自分の味方になってくれるかもしれないと期待し、そのことを江口さんのご両親に告げた……」

短い悲鳴を上げた奈緒美が、それきり絶句した。

「わかった？　江口さんのご両親にとって、あなたが本物かどうかは問題じゃなかった」

奈緒美の見開かれた目がみるみるうちに潤み、大粒の涙が頬を伝った。

「あなたに感謝した人も、たしかにいるでしょう。でもあなたは、その陰で何人もの人生が狂わされている現実に気づいていなかった。引き返すべきだったのよ……あなたの旦那さんが、あなたを諌めた時点で」

完全にマインドコントロールが解けたらしい。奈緒美は両手で顔を覆い、肩を震わせ始めた。

そこにいるのは自分の幸福すらも見通すことができず、なにもかもを失った三十八歳の女だった。

6

「マジかよぉ……あれが警務課の由紀《ゆき》ちゃんのバッグだったなんて」

西野は飲み干したジョッキをカウンターに置くと、髪の毛をかきむしった。警務課のマドンナの正体が、『片づけられない女』だったことに、よほどショックを受けたらしい。

「見てくればっかりに気をとられてるからいけないのよ」

荒れる後輩をたしなめながら、絵麻は開いた雑誌に目を落としている。

二人は新橋の居酒屋でカウンターに向かっていた。

「見てくればっかりって……見てくれを観察するのが、エンマ様の得意技じゃないですか」

珍しく早々に酔ってしまったらしい。顔を赤らめた西野が絡んでくる。

「そうよ。その私の立場からいわせてもらうと、由紀ちゃんと付き合う男は相当苦労するわね。どのみち、やめといたほうが無難よ」

「どうしてですか」

「あんた、あの娘《こ》の私服、見たことあるの」

「そりゃもちろんチェックしてますよ。ミニスカートから伸びる脚がもう……たまらんですっ」


自分を抱き締めながら一人悶絶する西野を鼻で笑う。

「露出度の高い衣服を身につける女性は他人と深いかかわりを持ちたがらず、自分の自尊心への評価が高い。つまりプライドが高く、束縛されることを嫌う。実用性の低い衣服を身につける女性は自己中心的で依存的。つまり性格的にかなり面倒くさい女。デザイン性の高い衣服を身につける女性は型にはまった思考傾向にあり、不合理で無批判。つまり話がつまらない。今朝のあの娘は赤いワンピだったわよね。赤を好む人間は強い欲望や野心を持っていて行動力がある反面、攻撃性が高く、他人と衝突する傾向がある。つまり男性に多くを望むせいで付き合うと喧嘩《けんか》が絶えない。そしてよりいい男を求めてすぐにパートナーを替える浮気性。まだあるわよ。アクセサリーのつけ過ぎは自信のなさを表わしていて――」

「うわあ、もういいですいいです。勘弁してくださいっ」

自分の耳を塞いだ西野が、大きくかぶりを振った。

「そもそもあんたさ、いつも一緒にいるのに、なんであれが私のバッグじゃないってわからなかったかなあ」

絵麻は雑誌をめくりながら不機嫌に吐き捨てる。西野に接するほうの右脚は左脚の上に重ねられ、心理的な防壁を作っていた。カウンターの上に広げた雑誌にも、同じ効果がある。

「いやあ、たしかにいわれてみれば違ったなと思いましたけど、最初に見たときにはいい加減若作り――」

ぎろりとひと睨みして、続く言葉を堰《せ》き止めた。

「そういえば楯岡さん、さっきからなに読んでるんですか」

急にご機嫌をうかがう調子になった西野が覗き込んでくる。

「別になんでもないわよ。コンビニで買ったファッション誌」

「ふうん、やっぱりそういう地道な努力がないと、その歳でその美貌は保てないわけか」

「本当に褒め方が下手よね、あんた」

「別に褒めてるつもりありませんから」

平然といい放って顔を突き出し、無遠慮にパーソナルスペースに侵入してきた。

「あっ……なんですかこれ、楯岡さんっ」

西野が誌面に手をつき、雑誌を引き寄せようとする。そのまま雑誌の引っぱり合いになった。

「なんでこんなもの読んでるんですか！」

非難めいた口調の西野に、絵麻は雑誌を抱き締めながら口を尖らせた。

「なんでって……好きだからに決まってるじゃない」

絵麻が開いていたのは、占い特集の頁だった。

「楯岡さん、占いとか信じてるんですか」

「別に占い師とか霊能者に本物がいるとは思わないけれど、こういう雑誌の占いで楽しむぶんには、害はないでしょう」

「本物って、やっぱいないんですかね」

頬をかく西野の語尾が、少し残念そうに萎む。

「さあね。私の考えでは、お金を取る占い師や霊能者は、少なくともぜんぶ偽者。そうじゃない人は手嶋のような妄想性障害や、もしくは軽い統合失調症の気がある。どこかに本物がいるかもしれないなんて思うから詐欺師につけ込まれるの」

「そうですよね……でも僕、手嶋のこと、一瞬本物だと思っちゃいました」

「なんでよ、あんたが変に騙されたりしないように、最初にシロの話を導き出したのに。あんたまさか、楯岡さんにも僕とまったく同じ過去があったんだ！　とか、驚いたりしてないでしょうね。それを運命と捉えて、合理化しちゃったりとか」

「まさか、そんなことあるわけ……ないじゃないですか」

西野は喉もとを触るなだめ行動を見せた。冗談のつもりだったのに図星だったらしい。

「まあ、しょうがないっちゃしょうがないわね……『真実などない。あるのは解釈だけだ』って、ニーチェもいってる。『人間は自分が信じたいものを喜んで信じる』というカエサルの言葉もある」

「誰ですかそれ。サッカー選手っぽい名前ですね」

きょとんとする若手刑事には、たぶん説明するだけ無駄だ。

「誰でもいいわ。とにかくリードを放してしまったという後悔を抱えるあんたには、シロが恨んでいないといってくれたことこそが、信じたいものだったということよ。手嶋が本物なのか、偽者なのかという問題以前にね」

「そんなものなのかあ」

理解できたのかできていないのか、曖昧に頷いている。

「でも実際に、江口聡子の子供の脳腫瘍は小さくなったわけでしょう」

「それはたぶん……プラセボ効果ね」

絵麻は人差し指を唇にあて、思案顔を作った。

「プラセボっていうのは、砂糖なんかを固めて作った偽物の薬のこと。病は気から、っていう言葉、あるじゃない。あれって実はかなり核心を突いていてね。医者という権威ある立場の人間がきちんと処方箋を書いて出した薬なら、たんなる砂糖のかたまりだろうとある程度病状の改善が見られるものなのよ。メカニズムとしては、薬を飲んだという安心感が副交感神経に作用し、免疫機能を高めるということらしいけど……とにかく、信じる力が病気を治すってわけ」

「すごいですね。そのプラセボ効果で、がんみたいな重病でも治っちゃうものなんですか」

「腫瘍が消えたとか、都市伝説的な話はよくテレビなんかでもやっているけど、真偽のほどは定かじゃないわね。悪徳商法や新興宗教の勧誘の場合も多いだろうし。がん治療の過程では、医者はいろいろな種類の抗がん剤を投与していくから、案外その中の一つが効いただけなのかもしれない。そこにプラセボ効果が加わって、病状の改善を後押ししたという話なら、まあ……なんとか頷けるかな」

「じゃあ江口聡子の娘の脳腫瘍は、これから悪化したりするんですかね。手嶋の存在がプラセボになっていたわけでしょう。おまけに自分のお祖父ちゃんが逮捕されちゃって……」

西野が悲しそうに眉を下げる。

絵麻の予想通り、犯人は江口聡子の父親だった。江口聡子の父親は、娘が心酔する占い師の素性を調べようと手嶋奈緒美の店を訪れた際に、被害者の山本に声をかけられていた。当初は山本に同調していたものの、やがて孫の病状が改善したことで、山本と距離を置くようになったという。

――霊視を信じたわけではないんです。でも、予言の期日が近づくうちに、だんだん怖くなってきました。もしもあの女が偽者だと証明されてしまえば、娘にも、孫にも拠《よ》りどころがなくなる……そうなってしまえば、もしかして……とにかくそのことが、怖かったんです……。

老いた父親は涙ながらに語った。

「それはわからない。手嶋の存在が本当に病状に作用していたのかも定かではないし……そもそもそう考えてしまうこと自体が認知的要素の合理化だから、危険といえば危険な考え方だしね。私たちは犯罪者を逮捕するだけ。江口聡子の娘については、試練が人を強くすることもあると、信じるしかないわ」

絵麻は自分を納得させるように頷いてから、話題を変えた。

「にしてもさ、あんたやっぱり素直すぎ。いや、素直っていうとまるで褒めてるみたいだから訂正、馬鹿すぎ。そんなんでよく刑事やってるわよね」

「わざわざ訂正しなくてもいいですよ。だって、本当にいい当てるから……」

西野が不服そうに唇を尖らせる。

「あの女が、なにをいい当てたっていうのよ。シロの話は私じゃなくてあんたの過去でしょう。部屋が散らかってるとかいうのも、私じゃなくて警務課の由紀ちゃんのバッグを見て予想したわけでしょう。いっておくけど私、部屋は綺麗にしているんだからね。あとは二面性を指摘するフォアラー効果で、誰にでも当てはまることをいっただけじゃない。そして前世がどうとか、想いを寄せている人がいるとか、相手の気分が良くなるような出任せばっかり……」

「その最後の、楯岡さんに片想いしているけど、告白する勇気が持てないでいる男がいるってところ……」

西野の言葉を遮って、絵麻は力説する。

「だからその表現が、コールドリーディングのずるさなのよ。そういういい方したら、外れていることの証明ができないじゃない。いつまで経っても誰も告白してこなかったら、彼はまだ決意が固まっていないだけとかいい逃れできるし、万が一、誰かが告白してきた場合には、脳が認知的整合性理論で合理化し、相談者は予言が当たったと好意的に解釈してくれる」

「いや、そういうことじゃなくて……」

「ああ、もうっ。なんか思い出したら腹立ってきた。コールドリーディングだとわかっていても、ああいうことといわれるとちょっと嬉しくなっちゃうのがむかつくっての。なあにが、あなたにひそかに想いを寄せている男性がいます、よ」

「そこだけは、当たっ――」

西野の指摘は、絵麻の「あっ！」という黄色い声にかき消された。

「どうしたんですか、楯岡さん」

絵麻は西野を無視して、雑誌の誌面を食い入るように見つめている。

やがて顔を上げた自称二十八歳独身の巡査部長は、喜色満面だった。

「ふたご座のA型、来年早々に出会いの兆しあり！　結婚まで辿り着く可能性大だって」

「マジですか」

「うん、相手はＩＴ関係か法律関係、ひと回り近く年上で、包容力のある男性でしょう！」

椅子から飛び上がらんばかりに、雑誌を両手で高々と持ち上げた。

「そんなの、しょせん占いじゃないですか。当たるわけないですよ」

なぜか不機嫌そうになった西野が、ぷいと顔を背ける。

「なによあんた、夢がないわねえ」

上機嫌の絵麻が人差し指で肩を突くと、嫌そうに身体を反らされた。

「エンマ様にいわれたくないっす。大将、ビールちょうだい」

西野は空のジョッキを突き出して、お代わりを要求した。

「なによ、私が警務課の由紀ちゃんのこと悪くいったからって機嫌損ねちゃったわけ？悪かったわよ。あんたの恋路が上手くいくように、ちゃんと応援してあげるからさ」

「由紀ちゃんなんて別に興味ないっす」

きっぱりとかぶりを振る後輩の強がりに、なだめ行動は見られない。

西野はむっとした表情のままお代わりのジョッキを受け取り、ビールをいっきに飲み干した。

そのとき、カウンターに置いた携帯電話が鳴り始めた。

「おっ、さっそくモテ期到来かな」

電話を手に席を立つ絵麻を、恨めしげな声が呼び止める。

「ここで出たらいいじゃないですか。僕はかまいませんよ」

「私はかまうの。相手の男の人に、変に誤解されたくないじゃない」

「あ……頼んでたネギマ、来ましたよ。僕が食べちゃいますからね」

「ネギだけは食べていいわよ。肉のほう食べたら、ただじゃおかないから」

「なんだよ……じゃあなんでネギマ頼んだんだ」

ぶつくさ文句をいう西野の背中に噴き出しながら、扉を開いた。が、後ろ手に扉を閉めた瞬間、絵麻の表情から笑みは消えていた。

「お疲れ様です、楯岡です」

硬い声で応対しながら、電話を握る手の平に汗が滲む。脳裏には栗原裕子の顔が浮かんでいた。肩までの黒髪をなびかせながら、静かに微笑んでいる。

私、結婚するんだ――。

イルミネーションが輝く年末の雑踏を歩きながら、ふいに彼女がそう告げたときの記憶だった。驚きのあまり立ち止まった絵麻を振り返り、彼女は照れ臭そうにはにかんだ上目遣いで反応を待っていた。絵麻が両手をとって祝福すると、安心したように相好を崩した。

すでに絵麻は高校を卒業し、大学生になっていた。高校三年の夏から猛勉強して、なんとか都内の私大に滑り込んだ。それができたのも、裕子の応援があったからだ。合格を報せると、裕子は喜びのあまり子供のように嗚咽した。大学生になってからも、絵麻は彼女と頻繁に連絡を取り合い、近況を報告したり、休日には一緒に買い物に出かけたりした。教師と生徒から、友人になっていた。絵麻にとっては恩師であり、親友であり、姉でもあった。

「どうですか、状況は」

絵麻の質問に応じたのはため息だった。がくんと膝から力が抜けるような感覚に、自分がほのかな期待を抱いていたのだと気づく。

電話の相手は、小平山手《こだいらやまて》署の山下《やました》というベテラン刑事だった。小平市女性教師強姦殺人事件の、いまや唯一となった専従捜査員だ。

束の間の沈黙の後、山下の声が聞こえた。

「すまん……」

いいんです——開きかけた唇の動きが止まる。

「どうにもならん……なにしろもう十五年だ」

歳月の重さを噛み締めるような呟きから、いい訳じみた諦めが染み出している。おまえももう諦めろ。暗に諭されているような気がして、無性に腹が立った。絵麻は無言で立ち尽くしていた。

事件はまだ終わっていない。犯人はまだ野放しになっている。善良な市民の皮をかぶって、今もどこかでのうのうと生きている。

裕子と、この世に生まれてくるはずだった裕子の子供。

二人を殺した、犯人は——。

こみ上げる怒りが、絵麻のこぶしを強く握らせていた。

第四話

名優は誰だ

1

西野圭介は湯気の立つ湯飲みを、デスクを挟んで向き合う二人の女の前に並べた。

「ありがとうございます」

向かって右側に座った女が楚々としたお辞儀をする。その瞬間、ちらりと見上げる物憂げな眼差しに胸の中心を射抜かれ、西野は息を詰めた。長い黒髪を無造作に後ろでひっつめただけで、メイクもほとんどしていないようだが、それでも女の美しさは浮世離れしていた。ひと回り以上年上、しかも人妻。それでもこんなに美人ならアリかなと、相手の選択権すら考慮せずに場違いな妄想がよぎる。

「なにか……」

不思議そうに首をかしげられ、まじまじと見つめていたことに気づいた。

「いや……なんでもありません……やっぱりお綺麗だなと思って。それに、テレビで見る印象よりも小柄なんですね」

「よくいわれます。百七十センチぐらいはあると思っていた、って」

「そうですよね。僕も背の高い女優さんだと思ってました。テレビって、大きく見えるんだなあ。きっと、頭が小さくて身体が細いっていうのもあるんでしょうね。すごくスタイルがいいですもん。とても同じ人間とは思えない、あはは」

「そうでしょうか……ありがとうございます」

女は表情に、笑顔で応じていいものかという困惑を滲ませた。なにしろ殺人事件の取り調べ中だ。三畳ほどの殺風景な狭い取調室は、撮影用のセットではない。

「あんたさあ――」

左側から心底あきれたという雰囲気のため息が聞こえた。

「なにぺらぺら喋ってんのよ。仕事中なんだから、そういうミーハー根性出すのやめてくれない」

頬杖をついたエンマ様こと楯岡絵麻が、電車内の痴漢を咎めるような眼差しで西野を見上げている。

「ミーハー根性だなんて……僕は別に」

唇を引き締めて神妙な表情を繕いながら、西野は軽い驚きを覚えていた。自供率百パーセントを誇る先輩巡査部長の美貌が、テレビや映画に引っ張りだこの人気美人女優に引けをとらないことを確認したからだ。年齢を重ねるごとに美しさを増し、「美魔女」とすら形容される大女優と並んでもまったく見劣りしない。

そんな美女と四六時中一緒にいられることを本来なら神に感謝するべきなのかもしれないが、「だったら余計なこと喋ってないで、さっさと仕事に戻ってよ」と蠅を追い払うような仕草をされると、つい神に愚痴りたくなる。

西野はむっとしながら壁際のノートパソコンに向かった。

背後で捜査資料をめくる音と、楯岡の声がする。

「ふうん。あなた、本名は内嶋紗江子《うちじまさえこ》っていうのね……旧姓は――」

「田中《たなか》です」

女が答えた。

「田中紗江子さん？　ずいぶん地味な名前ね。なんだか急に身近に感じてきちゃう。城之内《じょうのうち》紗江っていう芸名は、誰がつけたの」

「私を見出してくれた、事務所の社長です。変わった苗字のほうが人に覚えてもらえるし、名前に子がついているとありふれた印象になるからと、その名前をいただきました」

「へえっ、じゃあ社長さんの目論見は、まんまと当たったというわけか。あなた、今じゃすごい人気者だものね」

「私がすごいわけではありません。社長やマネージャーさん、そのほか、私を支えてくださった皆さんの頑張りのおかげです」

「けっして驕《おご》らず、謙虚さを失わないその姿勢も、人気の秘密というわけかしら」

「そんな……私は心からそう思っているから」

「そうはいうけれど、やっぱり生き馬の目を抜くような大変な業界でしょう。まわりがいくら頑張ったところで、本人の才能や努力がないと生き残れないんじゃない。ましてや、日本アカデミー賞の主演女優賞なんか獲れないでしょう」

「それは私の力というより、私の演技を引き出してくださった監督さんの力量です」

城之内紗江こと内嶋紗江子が主演した映画は賞レースを独走中だ。十代から女優として活躍してきた紗江子にとって、四十二歳を迎えた今が女優人生のピークといえた。

「あの映画……私も観させてもらったけど、あの監督さんってそんなにすごい人なの」

「ええ。脚本もご自分で書かれる方で、とにかく演技プランがしっかりしている完璧主義者なんです。役者は監督の指示通りに動けばいいといいますか」

「それでもあなたに賞が与えられたわけだから、その完璧主義の監督の指示を、指示通りにこなすことのできるあなたがすごいということになるんじゃない」

「ですが……今回は私にあて書きしていただいた役なので、感情移入もしやすかったし」

「あて書きって……最初からその役者さんを想定して脚本を書くってことよね。そういえば、あの映画で演じたあなたの役は――」

「娘を持つ母親です。中学二年生という学年まで、実際の私の娘と同じにしていただきました」

「そっか、あなた中二の娘さんがいるのよね。とてもそんなふうには見えないわ。肌とかもまったくくすんでなくて張りがあるし、テレビで見るときには照明とかメイクで誤魔化しているのかと思っていたけど、実際に間近で見ても皺ひとつないんだもの。まさしく美魔女よね」

　虚を突かれたような沈黙は、女刑事の賛辞にどう応じていいものか戸惑ったのだろう。ややあって、紗江子が答えた。

「ありがとうございます。でも、刑事さんもすごくお綺麗です。こういっては失礼なのかもしれませんが、とても刑事には見えません」

　それには西野も大いに賛同できたが、たいする楯岡の言葉には首をかしげざるをえなかった。

「女優さんにそういってもらえると嬉しいわ。でも、私はまだ二十代だもの」

　自称年齢二十八歳を崩す気はないらしい。今でも後輩の立会い刑事と同年齢ということになっていて不自然なのに、西野が二十九歳になったらどうする気なのだろう。

西野がシャツの袖を噛んで笑いを堪えていると、こめかみに視線が突き刺さった。

「あんた、なに仕事中ににやにやしてんのよ」

背中にも目があるのだろうか。楯岡が顔をひねり、研ぎ澄ませた錐《きり》のような視線を向けている。

「べ、別に笑ってませんよ」

大きくかぶりを振ってみると、口をへの字にした疑わしげな表情が返ってきた。

「相手が女優さんだからって、ミーハー根性むき出しにしちゃってさ。あんたもいちおう刑事の端くれの端くれの端くれなんだから、ちゃんと緊張感もってやってよね」

吐き捨てるようにいって、紗江子に向き直る。

「とにかく私もお肌の曲がり角を控えた身だから、スキンケアとかいろいろ頑張ってるのよね。あなたのその若さの秘訣、教えてくれないかしら」

お肌の曲がり角なんて、とっくに過ぎてるだろうがっ——。

西野は心で毒づきながら、キーボードの上で十本の指を走らせる。

「別に特別なことはなにも……」

「あ、それってあなたが出てる化粧水のCMと同じ台詞《せりふ》よね。特別なことはなにもしてません、スキンケアはこれひとつです、っていうやつ」

「は……はあ、そうですね」

端くれの端くれの端くれってなんだよっ、「端くれ」の回数多すぎだろっ――。

沸騰する血液が、指先の動きを速める。

「本当のところ、あの商品ってどうなの。あれだけ使っていれば美肌が保てるってほど、効果があるものなの」

紗江子が絶句した。西野ですら、その商品の宣伝文句が過剰なのだとわかる沈黙だった。

「やっぱりそうよね。そんなことあるわけがないわよね。その美貌を保つためには、食事やら運動やらエステやら、並々ならぬ努力があるってことよね」

「そういうわけじゃ……あの化粧水だけで――」

「いいっていいって。別にここで喋った内容がスポンサーの耳に届くわけじゃないいんだから、気にしないで」

「はあ……」

「ところであなた、前にムカイくんとドラマで共演したこと、あるでしょう」

「はい……たしかにありますが、彼は……事件と無関係です」

「そんなことわかってるわよ。彼が普段どんな感じなのか、知りたいだけ」

「普段……ですか。私は一度共演しただけなので、それほど親しいわけじゃ……」

「なんだあ、じゃあわからないの？　彼の食べ物の好みはどうなのかとか、いつもどこでなにして遊んでいるのかとか……あとは、彼の好みの女性のタイプ、とか」

ミーハー根性むき出しなのはどっちだよっ、緊張感ないのはどっちだよっ——。

荒い鼻息がキーボードに反射して前髪を跳ね上げるほどに、西野はディスプレイに顔を近づけていた。

2

「あ、ごめんなさい。女優さんなんかと直接お話しできることなんて、そうそうあるものじゃないから」

約二十分に及ぶ雑談の後、楯岡絵麻はあっと口に手をあて、我に返ったふりをした。サンプリングは終了だ。

「いえ……かまいませんが」

苦笑する紗江子の目もとは笑っていない。諦めが浮かんでいる。

「そろそろ本題に移らないとね」

絵麻は猫のような瞳から愛嬌を消し去り、胸の前で手を重ねた。

「本当にあなたが殺したの……内嶋貴弘《たかひろ》さんを」

「はい、その通りです。間違いありません」

悲愴《ひそう》な決意を漂わせる紗江子には、いっさいのなだめ行動がなかった。

三日前の早朝、渋谷区恵比寿《えびす》の住宅街にある公園で頭から血を流して倒れている男性を、散歩中だった近所の住民が発見した。一一九番通報を受けてすぐに救急が駆けつけたものの、すでに事切れていたという。

遺体の財布に入っていた免許証から、身元はすぐに判明した。

内嶋貴弘、四十六歳。港区広尾《ひろお》在住の人気俳優だ。現在取り調べ中の内嶋紗江子とは、十五年前から婚姻関係にある。

死因は脳挫傷。後頭部を数回にわたり、石のような硬いもので殴られていた。現場周辺には争った形跡がなく、背後から突然襲われたものと思われる。

渋谷道玄坂署に設置された捜査本部は別段、被害者の妻を疑っていたわけではなかった。

にもかかわらず紗江子が取調室にいるのは、突如として彼女が「夫を殺しました」

と出頭してきたからだ。

「初動捜査の際、あなたは捜査員に、事件当夜は娘さんと二人で自宅にいたと証言しているわね」

「はい、たしかに最初はそういいました」

「ならばどうして、急に自首する気になったのかしら」

「嘘をついていようといつかはばれる。そう思って、怖くなったんです」

目を伏せる紗江子には、不安を解消しようと自分の腕を抱くなだめ行動こそ見られるものの、マイクロジェスチャーが見られない。行動心理学的に見れば、彼女は嘘をついていないことになる。つまり、クロだ。

「だから、自首しようと?」

「ええ、最初は誰にもばれるはずがないと思っていました。でも、あの晩からずっと眠れなくて……」

「それで、自首することにした」

「はい」なだめ行動なし。

「あなたが、内嶋貴弘さんを殺したの」

「そうです。私が殺しました」

紗江子の仕草は、発言が真実であることを物語っている。

「どうして殺したの」

「そんなことは、とっくに調べがついているんじゃないですか」

自嘲の笑みを漏らす紗江子の瞬きが長い。現実から目を逸らしたいというなだめ行動だ。

「木戸真理《きどまり》さんのことをいっているのね」

絵麻が訊ねると、頷きの代わりに眉根を寄せ、唇を内側に巻き込むなだめ行動が返ってきた。悔しさを噛み殺しているようだ。

「何度も裏切られて、もう我慢ならなかったんです。あの女と、まだ切れていなかったなんて」

頬を震わせた紗江子の瞳が、溜まった涙で揺れる。

被害者の内嶋貴弘は、芸能界屈指のプレイボーイとして有名だった。紗江子と結婚した後でも、数々の女優と浮き名を流している。開き直って群がるマスコミを罵倒する夫と、夫に代わって謝罪会見をする健気な妻という図式が世間から同情票を集め、彼女の現在の地位を築くのに役立ったという見方も、業界内にはあるようだ。

そして内嶋貴弘のもっとも最近のスキャンダルの相手が、二十歳の人気女優・木戸真理だった。三か月前、内嶋の愛車であるBMWに乗った二人の写真が、写真週刊誌に掲載された。

「ひとつ……訊いてもいいかしら」

絵麻はわずかななだめ行動も見逃すまいと、視線を鋭くする。

「なんでしょう」

「なぜ、今なの。こういういい方をしたら気を悪くするかもしれないけれど、あなたの旦那さんが浮気するなんて、珍しいことでもないでしょう。写真週刊誌に掲載されただけでも、相手は十人を下らない。なのにどうして、あなたは今になって嫉妬に狂ったのかしら」

そこが解せないところだった。内嶋貴弘・城之内紗江夫妻は、芸能リポーターからつねに離婚秒読みカップルとして名前を挙げられている。仮面夫婦ともっぱらの評判だ。今さら夫を殺害に至るほどの強い愛情が存在したとは思えない。

「ずっと我慢してきたんです。浮気を許すたびに、今度こそは改心してくれるだろうと一縷《いちる》の望みを抱き続けてきました。でも、駄目だった」

「だから、殺した」

「間違いありません。私が、夫を殺しました」

「あなたは激情に駆られて凶行に及ぶには、あまりにも失うものが大き過ぎる気がするけれど」

「人を狂わせるのが愛でしょう」

「女優さんらしい台詞ね。あなたは旦那さんを殺すほど、愛していたと」

「そうでなければあの人と十五年も一緒にいることなど、できないと思いますが」

　やはりなだめ行動は見当たらない。

「どうでしょうね。私にはわからないわ」

　なにもかもがわからなかった。

　絵麻は内嶋貴弘殺害犯が紗江子だとは考えていなかった。いつもならば彼女の主張をそのまま受け入れたかもしれない。殺害を認める紗江子に、なだめ行動は見られないからだ。

「犯行当日の行動を、説明してくれる」

「あの日、仕事が終わって帰宅したのは夜九時をまわったころでした。それからふたたび家を出たのは、十一時を過ぎたあたりでしょうか。夫に電話してみたものの、どこにいるのか訊いてみると曖昧な返事をされたので、胸騒ぎがしたんです」

　たしかに被害者の携帯電話の通話履歴には、夜十時半ごろに紗江子からの着信があった。およそ三分の通話記録が残っている。

「いてもたってもいられなくなり、家を出ました。そして、あの女のマンションに向かったんです」

「広尾から恵比寿までの移動手段は？」

「タクシーです」

「タクシー会社の名前は覚えている？」

「すみません、覚えていません。ただ、あまり土地勘のない様子の運転手さんでしたから、もしかすると都内のタクシー会社ではないかもしれません」

なだめ行動はない。真っ直ぐに絵麻を見据える眼差しからは、強い覚悟さえうかがえる。

「そう……それは困ったわね。あなたが利用したタクシー会社を特定するのには少し時間がかかるかもしれないわ。それで、恵比寿に着いたあなたは、どうしたの」

「あの女……木戸真理のマンションの近くで、エントランスを見張っていました。しばらくすると、夫とあの女がマンションから出てきました」

「二人はどんな様子だった？」

「喧嘩しているようでした。出て行こうとする夫を、あの女が引き止めているような」

木戸真理のマンションのエントランスに設置された防犯カメラには、被害者の袖を摑んで引き止めようとする木戸真理の映像が残っていた。紗江子の供述と矛盾する点はない。

「その後は、どうしたの」

「夫が一人になるのを待って近づき、問い詰めました。夫は落ち着いて話をしようといい、私を近くの公園に連れて行きました。そこで口論になって」

「口論の内容は？」

「すみません。すっかり頭に血が昇っていたので、よく覚えていません」

「凶器は？」

「公園の植え込みに落ちていた石だったと思います。記憶が曖昧なので、確実にそうだとはいいきれませんが」

「殴った回数は？」

「覚えていません」

「凶器はどこに捨てたのかしら」

「わかりません。無我夢中だったので、よく覚えていないんです。気づいたらあの人が血まみれで倒れていて、怖くなって逃げました」

「帰りも、タクシーで？」

「すみません。どうやって帰ったのかも、わかりません」

供述が曖昧すぎる。やはり妙だ。内嶋貴弘殺害については被害者が人気俳優ということもあり、マスコミも大々的に報じている。紗江子の供述の内容はほとんどがすでに報道されたことで、当事者しか知りえない秘密の開示もない。

ただ、なだめ行動が見つからない。つまりそれは、紗江子の供述が真実であることを示している。

そもそも地位も名誉もある紗江子が、無実の罪をかぶる必要などあるのだろうか。

もしかして、ストレス性の短期記憶障害か——。

強いストレス下にある人間の身体では、副腎皮質からコルチゾールというホルモンが過剰に分泌され、脳伝達物質の作用を阻害する。そのせいで一時的に記憶力や判断力が低下し、ある一時期の記憶だけを喪失してしまうことがある。

普通の人間にとって殺人を犯す行為は強いストレスを伴う。短期記憶障害により、事件の詳細を覚えていない殺人犯も少なくない。

そういうことだろうか。紗江子はクロ。だが短期記憶障害に陥り、事件のことをよく覚えていない。だから自供する際に、なだめ行動がまったく見られないのか。

いや、そんなはずはない。

紗江子が犯人だということは、ありえないのだ。

「あの女が憎かった。若い女を選んだ夫が、憎かった……」

女優の頰を涙が伝う。映画のワンシーンを観ているような錯覚に陥って、絵麻はきつく瞬きをした。

3

数時間前――。

絵麻は取調室で木戸真理と向き合っていた。

「あなたが内嶋さんを殺したの」

サンプリングを終え、突如として刃《やいば》を向ける女刑事の態度の変化に面食らったようだ。真理は黒目がちな眼を見開き、グロスで艶めかせたピンク色の唇をすぼめて硬直した。

危機に瀕した動物の行動第一段階――フリーズ。

「違います」

やや間を置いて、大きくかぶりを振る。しかし大脳辺縁系の反射は抑えられない。直前に一瞬だけ頷くマイクロジェスチャーを、絵麻は見逃さなかった。

「あなたは嘘をついている」

「嘘なんて、ついていません」

しきりに頬を触る仕草は、サンプリングの際には見せなかったものだ。なだめ行動。真理が犯人ということで、間違いないらしい。

「あなたの自宅マンションのエントランスに設置された防犯カメラには、内嶋さんの後を追うようにマンションを出るあなたが映っている。映像を見る限り、あなたたち二人は口論していたようね」

それが被害者の最後の足取りだった。死亡推定時刻は、その一時間ほど後だ。

「だからといって、私が殺したことにはならないでしょう。刑事さんも観てくれたといってましたよね、あのインタビューを」

「ええ、観たわ。嘘っぱちだらけの茶番をね」

任意同行される直前、真理はあるテレビ局の独占インタビューに応じていた。カメラの前で無実を訴える人気若手女優の映像は、今朝からニュース番組やワイドショーで繰り返し流れている。面倒なことをしてくれたものだと、同僚刑事たちはいちように苦虫を嚙み潰していた。

「茶番ですって？」

「ええ、そうよ。あれが茶番じゃなくてなんというの。最近人気のある演技派女優だっていうからどんなものかと思っていたけど、たいしたことなかったわ。嘘がばれればれ。ちょっと売れるのが早すぎたかもしれないわね」

「なにをいってるの！　素人のくせに」

真理の白い頰がみるみる紅く染まった。

「現場近くで怪しい女を見た。あなたはインタビューでそういっていた」

「ええ」

「そのときのあなたは、喉もとを触るなだめ行動を見せていた」

さらに目を長く閉じる仕草を伴っていた。普通の人間なら悲しみに暮れているだけのように思えるかもしれないが、サンプリングを終えた絵麻にはわかる。

あれはなだめ行動だ。真理は嘘をついている。

「なだめ行動？　いったいなんのことをいってるんですか。私は見たんです。ほかにも目撃者がいるんでしょう」

「ええ、いるわ」

事件直後、現場付近のアパートに住むＯＬが、仕事帰りに現場となった公園から立ち去る女を目撃している。

「その目撃証言を利用しようとしたのね」

マスコミはすぐに警察に証言した目撃者の存在を嗅ぎつけた。顔を隠し、音声を変えた目撃者の証言映像は、事件直後からテレビで流れている。

「利用ですって？　そんなわけないじゃないの。その目撃者は、見かけたのはたぶん私ではないといっている。なのに私は、カメラの前で自分にとって不利になるようなことを話したのよ」

映像の中で、あなたが見たのは女優の木戸真理さんだったんですか、とマイクを向けられた目撃者は当初、暗かったのでわかりません、と自信なさそうに答えていた。しかし途中で木戸真理の身長を訊ね、記者が百六十五センチだと答えると、おそらく違ったはずだといった。自分が見た女はもっと小柄で、百六十センチもなかったはずだと。

「不利になるようなことって、そのオープンハートについてよね」

絵麻は真理の胸もとに輝くネックレスに人差し指を向けた。

ティファニーのオープンハート。バブル期に大流行したアクセサリーだ。オープンハート自体は歴史が古く、今に至るまで継続的に販売されているものだが、バブル期の大流行の印象が強すぎるせいで、最近ではやや時代遅れの感がある。

任意同行直前の独占インタビューで、真理はこういっていた。

私も現場近くで怪しい女を見ました。おそらくは目撃者の方が見かけたのと同じ、小柄な若い女性です。暗かったし、怖かったのではっきりと見ることはできなかったのですが、これと同じものをしていたということだけは、よく覚えています――。

「あなたが見かけたという怪しい女は、あなたと同じティファニーのオープンハートを身につけていた」

「そうです」

「それは、内嶋さんからのプレゼントだったの？」

被害者の年代から見ても、そう考えるのが自然だ。

「ええ、そうです。彼がプレゼントしてくれました。これが流行した当時、自分は下積みの俳優で手が出なかった。だから今、大事な人にはこれをあげることにしているんだって、彼はいっていました」

なだめ行動なし。その話は真実のようだ。

「そう……なかなか素敵なお話ね。最後にあなたが内嶋さんを殺したっていう結末さえ除けば」

「私は殺してなんかいません！」

かぶりを振る直前に頷くマイクロジェスチャー。やはり内嶋を殺したのは真理だ。

「いいえ、殺したのはあなた。あなたは被害者が殺害される直前まで一緒にいて、さらに被害者と口論していた」

「喧嘩ぐらいするでしょう」

「恋人同士なら？」

答えるまでに、一瞬の間が空いた。

「ええ」

質問から回答までの応答潜時は、長すぎても短すぎても後ろめたさを表わす。真理が内嶋との関係に不満を抱いていたのは間違いない。

「あなたは内嶋さんと愛人関係にあった……そのことについては認めるのね」

「好きに受け取っていただいてけっこうです」

「そういうわけにはいかないの。あなたたちが恋愛関係にあったのか、それとも、プレイボーイとして有名な人気俳優があなたのマンションを訪れ、二人っきりで演技指導をしていただけなのか。それは事件の動機にかかわる大きなポイントよ」

「ずいぶん意地悪ないい方をするんですね」

真理は不愉快げに鼻を鳴らした。

「ごめんなさい。演技で人を騙すのがあなたの仕事。人を騙そうとする演技を見抜くのが、私の仕事だから」

絵麻が肩をすくめると、真理の瞳に真剣な光が宿る。

「私たちの間に、たしかな愛情が存在したのは事実です」

言葉を噛み締めるような発言に、なだめ行動はない。

背後から西野の盛大なため息が聞こえた。大ファンだった清純派若手女優のスキャンダルが、よほどショックだったらしい。

肩を落とす後輩刑事に哀れみの視線を投げかけてから、絵麻は正面を向いた。

「いつから、そういう関係に？」

「そういう関係とは、どういう関係でしょう」

「肉体関係ってこと」

頬を膨らませた真理が、ふうっと長い息を吐く。大きなストレスを感じているようだ。

それから眉を歪めた攻撃的な表情で、絵麻を見た。

「そんなことまで、話さなきゃならないんですか。週刊誌を読んだらわかるでしょう」

「あなたと被害者について書かれた週刊誌の記事は、だいたいチェックさせてもらったわ」

「それは仕事で？　それとも、たんなる個人的な興味で？」

「まあ……両方かな。今日は報道されている内容が、どこまでが本当なのかをたしかめられるいい機会ってわけ。この仕事してて得することなんてあまりないけれど、今回は役得よね。マスコミには嘘をつけても、警察の取り調べで嘘をいうわけにはいかないんだから」

あっけらかんといい放つ女刑事を、真理が蔑むような冷たい眼で見ている。

「教えてちょうだい。あなたと、内嶋さんの関係について」

絵麻が身を乗り出して密接距離に近づこうとすると、真理は身を引き、上体を斜めにした。ちらちらと睨みながら、話し始める。

「私が内嶋さんと親しくなったのは、二年前の映画での共演がきっかけです」

「その映画、観たわよ。内嶋さんが主人公で一匹狼の麻薬捜査官。あなたは狙撃された主人公が入院する病院の看護師。二人は互いにほのかな恋心を抱くけれども、やがて麻薬密輸組織の魔の手があなたに及ぶ。さらわれたあなたを救うために、主人公は単身で敵のアジトに乗り込む……おもしろかったわ」

脚本はなかなかよくできていた。しかし内嶋の台詞は一本調子な上、真理はなだめ行動だらけで、たびたび集中を削がれた。嘘を見破ることができるというのも困りものだ。

「それも仕事で観たんですか」

「いいえ、ちゃんと映画館に観に行ったわよ。有楽町《ゆうらくちょう》マリオンにね。たしか合コンで知り合った、四十二歳の弁護士と一緒だったわ」

「彼氏さんですか」

「違うわよ、あんなやつ」

苦い記憶が甦り、絵麻は顔をしかめる。

手を繋ぎながら映画を観賞したのだが、劇中に内嶋の子供を演じる少年子役が登場すると、四十二歳弁護士の手の平は異常なほどに汗ばんだ。観賞後にさりげなく追及してみたときにはなだめ行動たっぷりに否定していたが、間違いない。四十二歳弁護士は小児性愛者だ。イケメン、スタイル抜群、高収入にもかかわらず、どうりで四十二歳まで独り身なわけだと納得しつつ、アドレスから連絡先を消去した。

「あなたのおかげで変な男と付き合わずに済んだわ。ありがとう」

唐突に礼をいわれ、真理が怪訝そうにしている。

「とにかく――」絵麻は手の平を擦り合わせた。

「まだ駆け出しの女優で、テレビドラマの端役程度しか演じたことのなかったあなたが、あの映画でいきなりヒロイン級の重要な役に抜擢された。それをきっかけに、あなたは人気女優への階段をいっきに駆け上がった」

「彼には感謝しています」

「でも、あなただって代償を支払っているでしょう」

「どういうこと……ですか」

真理の強張った頬に警戒が浮かぶ。

絵麻はにたにたと底意地の悪い微笑みを突き出した。

「あなたはスターへの約束手形と引き換えに、若い肉体を差し出した。あの映画に無名だったあなたが抜擢されたのは、内嶋さんの強い推薦があったからよね。共演者に自分の好みの女優を指名し、演技指導にかこつけて接近するのが、彼の常套手段だったらしいじゃない」

「それも週刊誌の情報ですか」

「そうじゃない。捜査の成果」

内嶋の女癖の悪さに手を焼いていたマネージャーから得られた証言だった。

「最初からあなたに手を出すつもりで、内嶋さんはあなたを共演者に指名した。でなければさほど大きな事務所に所属しているわけでもないあなたが、いきなりあんな大役を手にすることができるはずがない……と、これは週刊誌に書いてあったことだけど」

腕組みで心理的な防壁を作った真理が嘲笑する。

「だったらどうなんですか。この業界にはありふれた話です」

「そうなるとあなたと被害者との関係は、二年前から続いていたことになる」

「そうですね……その通りです」

「最初に彼があなたのマンションに来たのは？」

「映画がクランクアップして、二人でそのお祝いをしようという話になったのが最初です」

「それはいつ」

「出会ってから三か月ほど経ったころでしょうか」

「嫌じゃなかったの、奥さんと子供がいる男なんて」

「もちろん嫌でしたよ。でも、彼にとって私が特別な存在だともわかっていましたから」

きっぱりといい切る真理に、なだめ行動はない。

「ずいぶんな自信ね」

これが若さというものだろうか。絵麻は苦笑する。

「じゃあどうして、あなたは内嶋さんを殺したの」

「殺していません」

否定する直前に見せる肯定のマイクロジェスチャー。核心を突くと、真理は明らかななだめ行動を示す。

「事件当日は、あなたの誕生日だったわね」

「ええ。それがなにか」

「防犯カメラの映像によると、内嶋さんがあなたのマンションを訪れたのは、あなたのマンションを出るわずか一時間前。つまり彼があなたの部屋に滞在した時間は一時間足らず。彼があなたの部屋を出ようとする直前に、奥さんから彼の携帯電話に着信があった。彼は浮気がばれるのを恐れて、慌てて帰宅しようとした。でもあなたにとっては特別な日……家族のことは忘れて一緒に過ごして欲しい。だから彼を引き止めた。しかし彼はあなたを振り切って帰ろうとした。あなたは彼をマンションの外まで追いかけ、口論になり、衝動的に殺害した」

　それが状況証拠から、捜査本部が描いたストーリーだった。

「違います」

　言葉とは裏腹に、仕草は雄弁に内嶋殺害を認めていた。

「ねえ、どうして彼じゃなきゃいけなかったの」

　絵麻は頬杖をつき、同情の表情を作る。

「たしかに彼は魅力的かもしれない。でも、あなただってじゅうぶんに魅力的じゃない。なにも妻子がある上に、親子ほども歳が離れていて、さらには見境なくいろんな女に手を出すような男にこだわることも、なかったじゃない。ほかにもいい男はいっぱいいるでしょう……ムカイくんとかさ」

　真理は黙り込んだまま、不満げに睨んでいる。

「気持ちはわからないでもないんだけどね。条件で人を好きになるわけじゃないし。でもさ、もったいないと思うよ。あなたみたいな若くてかわいい女の子が、助平オヤジの性欲の捌《は》け口……都合のいい女になり下がるなんて」

「私は都合のいい女なんかじゃない！」

　顔を紅くして眉を吊り上げているが、視線も身体も、真っ直ぐに絵麻を向いている。

女刑事の挑発に不快を感じてはいるものの、内嶋の愛情を微塵も疑ってはいないということか。

どうして——絵麻は疑問を抱きながらも、さらに挑発する。

「男って、ほんと自分勝手な生き物よね。彼には家庭があって、何度スキャンダルを起こしても揺るがないほどの地位と人気があった。あなたはただ彼が訪ねてくるのを待つだけの日陰の女。辛いわよね。あなたが一人で寂しく食事をしている夜にも、彼は家族と一緒に、笑顔で食卓を囲んでいる」

真理の両肩が上がり、小刻みに頬を痙攣させている。当初の感触通り、感情的になりやすい性格のようだ。

このまま挑発を続ければ、いずれボロを出す。絵麻は内心でほくそ笑んだ。

しかし。

「奥さんの顔を知っているんだから、憎しみも倍増よね。しかもそれが日本アカデミー賞主演女優賞を受賞するほどの、人気と実力を兼ね備えた美人女優……」

真理の表情からふいに怒りが消えた。片方の目を細め、唇の端を吊り上げる蔑みにとって代わる。

「実力ですって？　私にはあの女に実力があるなんて、とうてい思えないけど」

嘲笑から染み出す余裕に焦りながらも、絵麻は攻撃を続けた。

「そういいたくなる気持ちはわかるわ。いくら愛していても、彼は奥さんと子供のもとへと帰ってしまう」

「刑事さん、私があの女をやっかんでいると思っているんですか。違います。彼女はたしかに美人だけれど、演技力はありません。役者仲間の間では周知の事実です」

「でも、演技力がないと賞なんてもらえないんじゃないの」

「あれは監督の力です。監督が役者の実力以上の演技を引き出した。それだけのことでしょう」

「それでも――」

「とにかく彼女に演技力はありません。彼女を使いたくないという監督さんの名前だって、何人も挙げることができます」

真理は数人の監督の名前を挙げた。

絵麻は舌打ちしたい心境だった。会話の進め方を誤ったらしい。

「わかったでしょう。彼女に演技力なんてないということが。いま名前を挙げた監督さんたちに、直接訊いてもらってもかまいませんけど」

うつむきがちだった顎が上がり、絵麻を見下ろすように胸を張っている。自信を取り戻させてしまったらしい。

「凶器はどこに捨てたの」

気を取り直し、まずは物証を揃えることにした。感情的になりやすく、わかりやすいなだめ行動を見せる真理が相手ならば、仕草から凶器の捨て場所を導き出すのは難しくないはずだ。

「何度いったらわかるんですか！　私は殺していない。凶器がどこにあるかなんて、知るはずもありません！」

視線をあちこちに逸らしながらの訴えは、余裕の微笑で受け流した。

「あなたに訊いてるんじゃない……あなたの大脳辺縁系に、質問しているの」

背後に伸ばした手に、西野が住宅地図を載せる。

デスクの上で東京都全体の描かれた広域地図の頁を開き、その上に人差し指を置いた。

「よろしくね、大脳辺縁系ちゃん」

いつものように人差し指を動かそうとした。

が、扉がノックされ、絵麻は振り向いた。

扉が開き、捜査一課の同僚刑事が部屋に入ってくる。

「なによ、いまいいところだったのに」

むっとしながら口を尖らせた絵麻だったが、同僚が耳打ちしてきた内容に絶句した。

「たったいま、内嶋紗江子が自首してきた」

同僚はそう告げたのだった。

4

「こんなことをして、あなたになんの得があるの」

絵麻はデスクに胸を引き寄せ、紗江子を見つめた。

「得なんて。私はただ、罪を償う必要があると思っただけです」

かぶりを振る紗江子になだめ行動はない。

「もしかして」

木戸真理と共謀して……。いいかけて、やめた。紗江子の側はともかく、真理のほうは明らかに紗江子を蔑み、嫌っていた。共謀する可能性があるとは思えない。

「本当にあなたが殺したの」

「はい。私が殺しました」

やはりなだめ行動はない。

どういうことだ。殺害を否認する真理には、明らかななだめ行動が見られた。そして殺害を自供する紗江子には、なだめ行動がない。つまり二人ともが、内嶋を殺したということになる。

「じゃあ……犯行当日のあなたの行動を、覚えている限りでいいから話してちょうだい」

「先ほどお話しした以上のことはありませんが……」

「いいからもう一度、お願い」

絵麻が合掌すると、紗江子は仕方ないという様子で話し始めた。

「あの日は、朝早くからドラマの撮影があったので、五時に起きました。六時にはマネージャーさんが迎えに来て、砧《きぬた》のスタジオ入りしたのが七時少し前でした。それから一日がかりの撮影があって、帰宅したのは夜九時をまわったころでした。それからふたたび家を出たのは、十一時を過ぎたあたりでしょうか。夫に電話してみたものの、どこにいるのか訊いてみると曖昧な返事をされたので、胸騒ぎがしたんです。いてもたってもいられなくなり、家を出ました。そして、あの女のマンションに向かったんです」

「ちょっと待って」

絵麻は手の平を向け、紗江子の話を遮った。

「なんでしょう……」

「やっぱりその話はいいわ。もう聞いたものね。それよりも――」

胸の前で手を組み、上目遣いに目をぱちくりとさせる。

「ムカイくんの話を聞かせてよ」

背後でがたんと物音がした。西野がずっこけたらしい。

「ムカイさん……ですか。先ほどお話ししたと思いますが、一度ドラマで共演しただけだし、共演シーンも多くなかったので、それほどよく存じ上げないのですが……」

「そうはいっても、まったく接点がなかったわけでもないでしょう」

「ええ……まあ、そうですが」

「初対面の印象はどんな感じだったの」

「そうですね」

紗江子は人差し指を唇にあて、虚空に視線を泳がせた。

「向こうから挨拶しにきてくれて……とても爽やかな、礼儀正しい好青年という印象でした」

「そのとき、ムカイくんはどんな服装だった」

「さあ……もう一年近く前のことなので、はっきりと覚えていないんですが」

「そういわずに、頑張って思い出してみてよ。こういう話を聞く機会なんて、なかなかないんだから」

絵麻が催促すると、困惑した様子ながらも視線を天井に向ける。

「たぶん、私服じゃなくて……衣装だったと思います。白……たしか白いシャツに、スラックスという格好でした」

「そうなんだ」

絵麻は目を輝かせながら頷いた。

「じゃあ、今度はあなたが今朝食べたものを、教えてくれる？」

「えっ……」

紗江子は眉根を寄せて固まった。奇妙な質問を投げかける女刑事にたいして、しきりに瞬きしている。

「その質問が……事件になにか関係があるのでしょうか」

「事件」

いま思い出したというふうに語尾を上げると、絵麻はひらひらと手を振った。

「事件ね、わかってるわかってる。あなたが殺したんでしょう」

「そうですが……」

「なら犯人逮捕で万事解決じゃない。はい、一件落着」

手の平を手刀でぽんと叩き、デスクに身を乗り出す。

「で、話を戻すけど、今朝のあなたの朝食のメニューを教えてちょうだい」

「朝食……ですか」

ひたすら当惑しながら紗江子が首をかしげたところで、「やっぱりいいわ」と絵麻は肩をすくめた。

「え……いいんですか」

「うん。だって考えてみれば、あなたの朝食のメニューなんて事件にまったく関係ないものね」

「それは、まあ……」

困り果てた紗江子の表情は、「なにを今さら」と雄弁に語っていた。

「話が寄り道しちゃったけど、続きを聞かせてちょうだい。あなたが木戸真理のマンションに向かったところから」

不可解な言動を見せる女刑事に警戒している様子だった紗江子は、やがて混乱を鎮めるように深く息を吐いた。

「あの女のマンションの近くで、エントランスを見張っていました。しばらくすると、夫とあの女がマンションから出てきました。二人は喧嘩しているようでした。出て行こうとする夫を、あの女が引き止めているような——」

「カーット!」

絵麻はふたたび手の平を手刀で叩いて、紗江子の話を止めた。

「駄目じゃないの、そんな演技じゃ。そんなんじゃ、百戦錬磨の刑事を騙すことはできないわよ」

手刀を顔の前に構えたまま、にやりと笑った。

5

「木戸真理のいう通りね。あなたはとんだ大根役者だわ」

不敵に笑う絵麻の前で、紗江子は唖然《あぜん》としている。

「一見するとあなたの演技は完璧。声の調子、表情、それに感極まって涙を流してみせる感情表現。主演女優賞をもらうのも頷ける。でもあなた、アドリブが弱いわね。

だから細部まで演出にこだわる監督のもとでは能力を発揮するけれども、役者にアドリブを要求するタイプの監督は、あなたを使いたがらない……違うかしら」

「な、なにをおっしゃっているのか……よく、わかりませんが」

「その話し方」

絵麻は人差し指を紗江子に向けた。

「その話し方が、日常生活における人間の自然な話し方なのよ。なのに、あなたの供述はよどみなさ過ぎた。普段の話し方との差があり過ぎるの。まるで前もって用意してきた台詞みたいに」

呆気にとられた様子の紗江子に、畳みかける。

「もちろん個人差はあるわよ。普段の話し方もよどみなく、理路整然としている人もいる。だけど、少なくともあなたは違う。私がムカイくんのことや、今朝の朝食について訊ねたときの反応を見る限りでは」

「だったら……だったらなんなんですか」

「あなたの供述は、用意してきた台詞を読んでいるに過ぎないってこと。あなたが話した内容は、すべてが雑誌やテレビの報道で知ることのできる情報で構成されている。おそらくは報道から収集した情報で物語を作り上げ、あらかじめ頭の中に叩き込んだ上で自首してきたんでしょうね。事件の肝心な部分については、あなたは覚えていないと供述している。本当は、覚えていないんじゃない。知らないのよ、現場にいなかったから」

「違います！　私は現場にいました！　私が殺したんです！」

「いいえ違わないわ。研究によると、自発会話におけるすべての休止の中で、文法的休止はわずか五十五パーセントに過ぎないという結果が出ている。残りの休止は沈黙や、『あの』とか『ええと』とかいう意味のない接続詞なのよ。なのにあなたの供述はまったく止まることもなく、すべて完全な文法的休止を行なっていた。つまり……嘘」

「嘘なんかついていません！」

「もうひとつ、あなたが嘘をついているという根拠を教えてあげるわ。人間は過去を思い出しながら語るとき、視線を上げるの。左上か右上かはその人の利き目によって異なるけれど、誰もがそうする。これは視覚に飛び込んでくる余分な情報を排除し、思考に集中するためといわれているのだけど。あなたもムカイくんのことや朝食のメニューについて訊ねられたときには、左上を見上げていた。なのに殺人について自供するあなたは、ほとんどその仕草を見せなかった。なぜならば、あなたは自分の体験した過去を思い出しながら語っているわけではないから」

「どうして信じてくれないんですか！　私が殺したんです！　私が、夫を殺しました！」

　涙を流しながら訴える紗江子に、絵麻は肩をすくめ、両手を広げてみせた。

「やっぱりあなたはアドリブが弱いわね……。今後の演技の参考になるかもしれないから、教えておいてあげる。人間は後ろめたい事実を告白するときに、主語を省いたり述語を濁す傾向があるのよ。これは現実から目を背けたいという心理からくるものなんだけど。『私が殺した』なんて、はっきり宣言する犯人は稀《まれ》なの。主語を省いて『殺しました』、あるいは述語を濁して、私が『やりました』、そうやって自分のしでかした犯罪の重みから少しでも逃れようとするのが、一般的な犯人の自供」

「私が……私が、やったの」

「そう、それがリアルな演技。いつか犯人役をやることがあれば、参考にして」

　うつむく紗江子の瞼から涙がこぼれる。肩を震わせながらの嗚咽は、演技だとすれば迫真ものだ。

「あなたは……現場に行っていない。旦那さんを殺していないわね」

「殺したんです……私が……私がやったんです」

この期に及んで、まだ主張を曲げる気はないらしい。

やれやれとため息を吐き、絵麻は椅子の背もたれに身を預けた。

それにしても難敵だ。大根役者だと断じてはみたものの、やはり犯行を自供する紗江子になだめ行動は見られない。より疑わしい真理の存在がなければ、そのまま犯人だと思い込まされてしまっただろう。永年、演技の訓練を続けていると、大脳辺縁系の反射までも制御することができるようになるのだろうか。だとしたら今後も役者を取り調べる機会があれば、より慎重にならないといけない。

そのとき、ふいに閃きがよぎった。

別に特別なことはなにも……。

女優……内嶋紗江子は、年齢を重ねるごとに美しさを増し、「美魔女」とすら形容される美人女優だ――。

まさか。

「内嶋紗江子さん……いや、城之内紗江さん」

絵麻は前のめりになり、じっと紗江子を見つめた。

「なんでしょう」

涙を拭いながら、紗江子が顔を上げる。

「これから私がいうことを、繰り返してみてくれないかしら」

不思議そうに首をかしげていた紗江子が、続く絵麻の言葉に顔色を変える。

「私は夫を、殺していない」

「どうしてですか。私が……私がやったのに」

デスクに両手をつき、前のめりになる紗江子に手を振った。

「いいじゃない。ただ繰り返すだけだから。記録にも残さないし、なんらかの証拠にすることもない。西野」

背後を振り返ると、西野は両手を上げて頷き、それからだらりと腕を垂らした。

「ね、これでいいでしょう。あなたがこれからいうことが、外部に漏れることはない。いってみて……私は夫を、殺していない」

絵麻とその背後でノートパソコンに向かう若手刑事の間で不安そうに視線を往復させていた紗江子だったが、やがて観念したように肩を落とした。

「私は夫を、殺していない」

「ありがと」

確信を抱いた絵麻は、満足げに頷いた。

6

「ちょっと考えさせて」

女刑事は椅子を引いて立ち上がり、ううんと大きな伸びをした。それから腕組みをして、事実を確認する足取りでゆっくりと歩き回る。

内嶋紗江子は左右に動く人影を目で追っていた。

わけがわからない。犯人だと名乗り出れば、すぐに逮捕されるものだと簡単に考えていた。誰が好きこのんで殺人犯の汚名を着るだろう。ところが思ったようにことは運ばなかった。楯岡という女刑事は、紗江子を疑っている。

殺人犯だと疑っているのではない。

殺人犯でないのではないかと、疑っているのだ。

うん、と大きく頷いた楯岡がくるりとこちらを向いた。壁に背をもたれ、視線を鋭くする。

「あなたやっぱり、誰かをかばっているわ。あなたが内嶋さんを殺したとは思えない」

「違います！　私が殺したんです！」

『私が殺した』なんて、はっきり宣言する犯人は稀なの――。

忠告を思い出してぎくりとなる。

楯岡は勝ち誇ったように笑った。

「誰をかばっているの。あなたが罪をかぶってもっとも得をする人間といえば、木戸真理よね。あなた、木戸真理をかばい立てする理由があるの。たとえば、なにか弱みを握られているとか」

「それは……」

否定しようとしたが、いい終わらないうちに頷きが返ってきた。

「違うのね。あなたがかばっている相手は、木戸真理じゃない」

「だ……誰のこともかばってなんか――」

「あなたは当初、捜査員に事件当夜は娘さんと二人で自宅にいたと証言している」

「そうです」

「それは……嘘だった」

「その通りです。夫の浮気を疑った私は、あの女のマンションに向かいました。家にはいませんでした」

「それも……嘘」

全身が硬直する。どういうわけか、楯岡の追及には少し前まではなかった自信が漲っている。

「事件当夜は娘と二人で自宅にいた。あなたの嘘は『自宅にいた』ことじゃない。『娘と二人で』いたということよね。おそらく、本当は事件の起こった時間に、娘さんは家にいなかったんじゃないかしら」

楯岡の声が、死刑宣告のように響いた。

「あなたがかばっているのは、あなたの娘さんね。ということはつまり、犯人はあなたの娘さん……」

頭が空っぽになって、アドリブの台詞がまったく浮かばない。

「不思議なのは、あなたが事件の詳細を知らないということ。もしもあなたの娘さんが犯人だとすると、あなたが身代わりに出頭するにしても、自分が犯人だと警察に信じさせるために、もっと詳細な情報を聞き出すはずよね。なのにあなたは、報道された範囲の情報しか知らなかった。あなた、娘さんからちゃんと話を聞いていないの。まさか事実確認もせずに娘さんの犯行だと決め付けて、勝手に自首してきたわけじゃないわよね」

「娘は関係ありません！　私がやったことです！」

懸命な演技も通用しなかった。楯岡の眼差しに哀れみが浮かぶ。

「もうひとつ疑問があるの。あなたが出頭したのが、なぜあのタイミングだったのかということ。警察は木戸真理の犯行を疑い、彼女を任意同行した。目撃証言との食い違いこそあれど、状況から見れば彼女は限りなくクロに近い。万が一、自供を引き出せなくとも、警察は彼女を被疑者として逮捕・立件していたかもしれない。なのにあなたは、彼女が任意同行された直後に出頭してきた。まるで彼女の無実を証明しようとするかのように……これってどういうことなの」

「私が……私が……」

溢れる涙は演技ではなかった。嗚咽に阻まれて言葉が出てこない。

「報道では、最初から木戸真理を犯人扱いするような論調がほとんどだった。もしも真犯人が別にいたら、普通は安心するはずよね。他人が任意同行されたと聞けば、自分は罪から逃れられるかもしれないと期待するもの。なのにあなたは、そのタイミングで自首した。なぜかしら……報道の中に、娘さんの身代わりとして出頭しようと決意させられるような新事実でもあった？」

「娘は……関係ないんです」

「時間を無駄にするのはやめましょう。あなたの演技は、もう私には通用しない。あなたの娘さんが父親を殺した。だからあなたは娘さんを守ろうとしている」

「違います！」

「じゃあもう一度、この場ではっきりいってごらんなさい。内嶋さんを殺したのは自分だ。娘は関係ないって」

「私が……殺しました。娘は関係……ありません」

「なだめ行動を制御し、声に感情をこめるところまでは、たしかに主演女優賞に値する演技ね。でも私にいわせれば、しょせんは四角い画面に切り取られる範囲での名演よ」

顔を上げると、女刑事の凛《りん》とした瞳と視線がぶつかった。なにもかも見透かされているような気がして、背中の産毛がぞわりと逆立つ。

「上半身の演技は完璧。でも……あなたの下半身が嘘を示している。どうやら映画女優さんは、あまりカメラに映らない部分の演技にかんしては訓練が不十分のようね。あなたは自分が殺したと発言するときに、脚を組んで私に心理的な壁を作った……」

とっさに組んでいた脚をほどく。その動作が楯岡の発言が的を射ている裏付けになることに気づいて、ふたたび脚を組もうとする。しかしそれも不自然だと思い、結局脚をほどいたままにした。

楯岡がふっと頬を緩めた。

「もうやめなさい。殺人を犯した娘の身代わりになるなんて、愛情の注ぎ方が間違っているわ」

「ならばなにが……なにが正しい愛情だというんですか！」

いい終えた後でしまったと思ったが、もう遅い。

紗江子はデスクに突っ伏して号泣した。

7

事件当夜――。

仕事を終えて帰宅すると、娘の沙貴《さき》はリビングでデリバリーピザを食べていた。

「こんなに身体に悪いものばかり食べて」

紗江子は母親らしい言葉を吐きながら、同時に後ろめたさを覚えた。中学二年生の娘に現金だけを渡し、一人で食事を摂《と》らせているのは、自分が母親役を満足にこなしていないせいだ。

出産後半年ほど休んだだけで、すぐに女優業を再開した。映画のロケで何か月か家を空けることもある。娘にはずっと寂しい思いをさせてきた。

「お父さんは」

「知らないよ、あんなやつ」

「そんないい方しないの」

いつからか、娘は父を嫌悪するようになった。思春期のせいもあるだろうが、父の撒き散らすスキャンダルの影響のほうが大きいのだろう。幼いころから、父のせいでいじめられてきたという恨みもあるに違いない。

「今日は帰ってくるのかしらね」

そんな言葉をさりげなく口にするような家庭環境が、異常であることは理解している。しかし発言を取り繕おうともしないほど、異常な状況に慣れきってもいた。

「あいつきっと、またあの女のところだよ」

ソファーに寝転びながらスマートフォンを操作していた娘が、弾かれたように顔を上げた。ところどころににきび痕の見える頬が、怒りに紅く染まっている。

「あの女って……」

とぼけてみせたが、娘が誰のことをいっているのかはすぐにわかった。

木戸真理。三か月前、夫とのツーショット写真を写真週刊誌に撮影された女だ。これまでの夫の相手と比べても飛び抜けて若く、娘とも六歳しか違わない。さすがにあきれたが、責めるようなことはしなかった。夫のスキャンダルが、夫自身の主演する映画や、紗江子の出演するテレビドラマの宣伝にもなることは理解している。

夫が誰といようが、もはや関心がなかった。だがまだ中学生の娘に、いい影響を及ぼすはずはない。性にたいして潔癖な年ごろである娘が、奔放な父を許容するはずもなかった。

「お母さん、なに呑気《のんき》なことといってるのよ！　あの女っていったら、木戸真理に決まっているじゃない」

そんなわけがないと思いつつ、紗江子は笑い飛ばしてみせた。

「そんなはずないじゃない。お父さんももう懲りたでしょう」

「いや、絶対にそうだってば。だってあいつ、とっくに仕事終わってるはずだもん」

「撮影は予定通りに進まないものだし――」

「マネージャーさんに電話して聞いたから間違いないよ。もう現場上がったって」

父にたいする娘の感情は複雑なのだと思い知る。嫌悪の対象でありながら完全に無視はせず、行動を監視するような真似をしている。おそらく沙貴は、幼いころに遊んでもらった記憶が忘れられないのだ。忌み嫌いながらも、いっぽうで慕い続けている。

尊敬できる父親になって欲しいと願っている。その証拠が娘の胸もとで輝く、ティファニーのオープンハートだ。

「どこかでお酒でも飲んでるんじゃないの」

話を打ち切ろうとしたが、娘は諦めなかった。肉体が女に変貌するにつれ、女の勘も養われ始めたのかもしれない。

「違うよ。絶対にあの女のところだってば。ほら、これ見てよ」

沙貴はスマートフォンの画面を、紗江子に向けた。

開いているのは木戸真理のブログらしい。記事のタイトルは『誕生日』だった。

「今日は木戸真理の誕生日なんだって。だからきっと、あいつは木戸と一緒にいるよ」

「そんなことない――」

そうかもしれないと思いつつ、否定しようとした。しかし娘は母の言葉を最後まで待たずに立ち上がり、リュックを手にした。

そのまま廊下を歩き、玄関に向かう。

「ちょっと、こんな時間にどこに行くの」

「あの女のマンション。心配しないで。自転車だとそんなに時間かからないから。すぐ帰ってくる」

「待ちなさいよ。沙貴、待ちなさいって――」

廊下に出た紗江子が呼び止めようとしたときには、すでに開いた扉が閉まろうとしていた。

紗江子はすぐさま夫に電話をかけた。どこでなにをしていようとかまわない。しかし父親が女と一緒にいるところだけは、娘に見せたくなかった。

「沙貴のやつ、なにやってんだ。わかった……すぐ帰る」

電話を切ると、安堵の息をついた。これで娘が夫と鉢合わせることはない。

しかし一時間ほどして帰宅した娘は、尋常でない様子だった。「どうしたの」という母親の呼びかけにも反応せず、放心した様子で廊下を歩き、自室にこもって鍵をかけた。

そしてその夜、夫は帰らなかった。その代わり翌朝、警察から電話がかかってきた。夫は何者かによって殺害されていた。

まさか、あなたが……。

紗江子は娘を何度も問い詰めた。しかし娘は、わからない、覚えていないと繰り返すばかりだった。

覚えていない――そんなことがあるはずもない。わずか一日、二日前の出来事だ。

娘のことが理解できなくなった。考えてみれば昔から仕事に没頭するせいで、娘のことなどなにひとつ理解していなかった。

テレビの報道では、少しずつ犯人像が明らかになっていった。

百六十センチに満たない小柄な女性、それはおそらく木戸真理ではなかったという目撃者の証言。

そしてティファニーのオープンハート。

すべての情報が、娘と一致していた。

8

絵麻は取調室の扉を開き、木戸真理の待つデスクへと向かった。

「こんにちは、また会ったわね」

椅子を引きながら微笑むと、人形のような整った顔立ちが歪む。

「会ったんじゃなくて、あなた方が呼びつけたんでしょう」

「まあそうとんがらないで。警察の中にも、あなたのファンが多いんだから。そこの西野も、あなたの大ファンでね」

身体をひねりながら顎をしゃくると、西野が頭をかきながら照れ臭そうに会釈した。すっかり鼻の下を伸ばした、だらしない顔になっている。

視線を尖らせて後輩巡査に職務を思い出させてやると、正面に向き直った。

「こいつもあなたが内嶋さんと写真撮られたときには、僕のマリリンがぁって大変だったんだから。しこたま飲んだせいで三日ぐらいは酔いが残っちゃって、ただでさえ使えないのが、ほとんど使い物にならなくってね」

絵麻が苦笑すると、真理もつられて薄く笑った。

「でも……今度は三日酔いぐらいじゃ済まないかもね。男といるところを写真に撮られるどころじゃない大スキャンダル……なにせ、人気絶頂の若手女優が殺人を犯したんだから」

真理が目を大きく見開き、絶句する。

「まったく……単純な事件を面倒くさくしてくれたものよね。やっぱり内嶋貴弘を殺したのは、あなたじゃない」

絵麻は乱暴に髪をかきながら、顔をしかめた。

「なっ……なにをいい出すかと思えば。私は殺してなんか――」

喉もとに触れるなだめ行動をしながら激昂する真理に、手の平を向けた。

「まああ、私の話を聞いてちょうだい。もしも違うなら、その都度反論を受け付けるわ。でも……」

そこで絵麻はデスクに肘をつき、両手の指先同士を合わせる『尖塔のポーズ』で自信を示した。

「たぶん間違っているところなんか、ないけれどね」

にやりと笑い、話し始める。

「あなたは誕生日祝いに駆け付けてくれた被害者が、一時間も経たないうちにマンションを出ようとしたことに腹を立てた。なぜ被害者が急に帰宅しようとしたのか……それは、奥さんから電話があったから。奥さんは浮気を責めているわけではなかった。ただ、娘に父親の浮気現場を見せたくないという一心だった。ただしあなたは、そんな理由では納得できない。そこで被害者を引き止めようと後を追いかけた。マンションを出た後も彼のことを追いかけたあなたは、泣くか叫ぶかという素振りを見せた。被害者もあなたも世間に顔を知られている。焦った被害者は、あなたをなだめようと人気のない近所の公園へと連れて行った。そこで口論になった」

そこで絵麻はふうと息をつき、視線を落とした。そして上目遣いに真理を見つめる。

「そしてあなたたちが口論しているところに、あなたのマンションに向かっていた被害者の娘、沙貴さんが通りかかった。沙貴さんは母親が、いや、両親ともに見せたくないと思っていた父親の浮気現場を見てしまった……どう、違うかしら」

「まったく違います」

否定する直前に一瞬だけ頷くマイクロジェスチャー。当たっている。

絵麻は続けた。

「ショックを受けた様子でその場から立ち去ろうとする沙貴さんを、被害者は追いかけようとした。あなたはその行動が許せなかった。自分と沙貴さんを天秤《てんびん》にかけた末、沙貴さんのほうを選ばれた気がして頭に血が昇った。だから近くに落ちていた石で、被害者の後頭部を殴った。息絶えるまで、何度も殴り続けた」

真理の瞼が痙攣している。相当に動揺しているのは間違いない。

首をゆっくりと回して溜めを作ると、絵麻はふたたび口を開いた。

「あなたは被害者を殺害する直前に、沙貴さんに目撃されている。仕事帰りのＯＬが目撃者としてテレビのインタビューに答えていたけれど、あんなに曖昧なものじゃなく、もっとはっきりと顔を見られていた。そもそも沙貴さんはあなたのマンションに向かっている途中であなたを見たのだから、見間違いようがない。ところが警察がすぐに、あなたに任意同行を求めることはなかった。事件発生から任意同行まで三日が経過している。あなたは不思議に思う。あんなにはっきりと顔を見られているのに、どうしてすぐに自分が疑われないのか、と。もしかすると沙貴さんには警察に目撃証言をできない事情でもあるのか、あるいは……ショックのあまり短期記憶障害にでも陥っているのではないか、と。あなた、映画で看護師役を演じたときに役作りのために看護実習を受けているわね。おおかたそのときにでも、ストレス性の短期記憶障害という症例を知ったんじゃないかしら」

真理が顎を引き、少しでも目の前の女刑事から遠ざかろうとする。しかしわずか三畳ほどの空間には、逃げ場所は存在しない。

「そういうわけで、決定的にあなたを追い詰めるはずの目撃者が消えた。しかし事件当夜、現場近くを帰宅途中だったＯＬが、あなたを目撃していた」

「その人が見たのは私ではなかったはずでは……」

「いいえ、たぶん……いや、間違いなくあなただと思うわ」

「でも、身長が……」

「そうね、その目撃者の証言によると、現場から立ち去ったのは百六十センチに満たない小柄な女性。あなたの身長は百六十五センチ……目撃証言とは食い違う。でも、調べてみたら、目撃者の女性は丸の内の一流商社に勤めていたの。しかも総合職」

「それが、なにか関係あるんですか」

「実は大ありなんだな、これが」

絵麻はぺろりと舌を出し、肩をすくめた。

「ある実験によると、同じ人物を『学生』と『教授』、二つの肩書きで別々のグループに紹介し、身長を目測させたところ、『学生』と紹介されたほうのグループの答えは平均百七十七センチ、『教授』と紹介されたほうのグループの答えは平均百八十四センチだったの。人間の記憶や印象というのはあてにならないものでね、自分より高い地位にある人物の身長は高く、低い地位にある人物の身長は低く見積もってしまうというわけ。つまり丸の内の一流商社で総合職を務めるような優秀な女性は、相手の身長を低く見積もりがちだってこと」

真理の眉根に一瞬だけ皺が寄り、すぐに消えた。しかし絵麻は、そのマイクロジェスチャーをしっかりと捉えていた。

「警察は地道な捜査で着実に犯人に迫っていく。あなたが任意同行されるのは時間の問題だった。そこであなたは、マスコミを利用した賭けに出ることにした。もしも成功すれば、あなた自身が罪を逃れられるどころか、あなたの嫌いな城之内紗江の人生を無茶苦茶にすることができるかもしれない、一世一代の賭けよ。あなたのマンションに向かったものの、帰宅してからはその部分の記憶だけをぽっかりと喪失している娘。事件のことを訊ねても覚えていないと繰り返す娘にたいして、母親が疑心暗鬼になっているだろうことは想像がつく。娘は百六十センチ以下の小柄な女性という目撃証言とも、身体的特徴が一致する。そこにあなたが追い討ちをかけた。その女は、ティファニーのオープンハートを身につけていた、と。テレビ局の独占インタビューを受けたのは、自分が無実であることを訴えるためではなく、城之内紗江に向けての個人的なメッセージだったのね……あなたの夫を殺したのは、あなたの娘ですよ、という……あなたの狙いはまんまと嵌まり、あなたが任意同行された直後に、彼女が自首してきた。自分の娘が殺人を犯したと思い込み、娘をかばうために」

紅潮していた真理の顔はすっかり白く、血の気を失っていた。呼吸が荒くなり、鳩《みぞ》尾《おち》が大きく膨らんだり、萎んだりしている。

「沙貴さんがなぜストレス性の短期記憶障害に陥ったのか。たんに父親の浮気現場を見たからというだけではないわね。沙貴さんなりに覚悟はしていたはずだから、そんな場面に遭遇しても記憶を失うほどのストレスは感じないはず。沙貴さんはもっと大きな、予想を超えるほどのショックを受けた。おそらくはあなたが被害者のことを……」

「お父さん！」

真理の涙声が、取調室に響き渡った。

「私があの人のことを、そう呼んでいるのを聞いたからだと……思いました」

「そう……やはりあなたは」

絵麻が見つめるオープンハートを、真理はぎゅっと握り締めた。

「はい。私はあの人の……内嶋貴弘の、隠し子です」

捜査本部はかつて被害者と関係のあった女性のもとへと捜査員を派遣し、聞き込みを行なった。その結果、沙貴と真理以外にティファニーのオープンハートをプレゼントされたという者はいなかった。

「動機は痴情のもつれではなく、親子間の愛情のすれ違いだった。沙貴さんは父親の浮気現場を見たことではなく、父親に隠し子がいることを知ったことによる強いストレスで、短期記憶障害に陥った。現実を認めたくないという思いから、その部分の記憶を喪失してしまった」

「父を恨んでもいなかったし、あの人の家庭を壊すつもりもありませんでした。でも誕生日だけは……」

真理は両手で顔を覆った。

「私だけのお父さんでいて、欲しかった……」

9

「しっかし、あのマリリンにそんな過去があったとは……」

ジョッキをぶつけて中身を半分ほど飲み干した後、西野は切なげなため息を吐いた。

「誰にだって、辛い過去や秘密のひとつやふたつぐらいあるわよ……あんた以外はね」

顔を赤らめた絵麻が頬杖をついてくだを巻く。

二人は新橋の居酒屋でカウンターに向かっていた。

「なにいってんすか、楯岡さん。僕にだって……」

西野はいってみたもののなにも思いつかないらしく、結局すぼめた口をそのままジョッキにつけた。

「楯岡さん、なんか今日はいつにも増して――」

「綺麗？」

「じゃなくて、荒れてないですか」

むっとする絵麻に気づいた西野が、「あ、綺麗なのはいつもですよ」とってつけたように付け加える。

「別にそんなことないわよ……ただ……」

絵麻は人差し指でカウンターをこつこつと叩きながら、口を滑らせそうになっては
っとなった。

「ただ……なんですか」

「なんでもない」

西野は納得いかない様子で唇を曲げているが、絵麻のなだめ行動を見抜くことがで
きるはずもない。カウンターを向き、ジョッキを持ち上げる。

「芸能界ってのは怖いところですね……まるで伏魔殿だ」

「警察だって似たようなもんじゃないの」

「そうですかね。でもマリリンは死んだ内嶋貴弘の隠し子だったでしょう。それにあ
の城之内紗江の美貌が、整形のたまものだったなんて」

西野が指を折りながら、記憶を反芻する。

私が殺した。私は殺していない。

どちらの発言をするときにもなだめ行動を見せないことで、絵麻はその事実を確認
した。城之内紗江こと内嶋紗江子は、整形を繰り返したせいで顔面の筋肉が制御でき

なくなり、マイクロジェスチャーが表われなくなっていた。さらに演技の訓練を重ねていたので上半身のなだめ行動を抑え込むことができた。頼みの綱は下半身のなだめ行動だけだった。だから絵麻は途中で席を立ち、壁を背にして離れた位置から下半身の観察につとめた。

「女って怖いよなあ」

しみじみと呟く後頭部をぱしんと叩く。

「なっ……なにするんですか楯岡さん」

「なあにわかったような口きいてんのよっ。死者に鞭打《むち》つわけじゃないけれど、今回の件はすべて内嶋貴弘の女癖の悪さが原因でしょうが」

「そりゃまあ……ねえ。たしかにそうなんですけど」

「どんな理由であれ、殺人という行為が正当化されてはいけないし、犯した罪は償わなければならない。でも、今度ばかりは木戸真理に少し同情するわ」

重くなった頭を左右にかくんかくんとさせながら、絵麻はジョッキの中で弾ける気泡に視線を絡める。

木戸真理を逮捕した後、絵麻は動画サイトで内嶋貴弘の映像をいくつか観てみた。出演作品ではなく、インタビューや舞台挨拶などの映像だ。

一人娘がかわいくてね――。

僕にも娘が一人、いるんですけど――。

今回の役は僕と同じで、中学生の娘がいるという設定なんですが――。

映画やドラマの内容に絡めたプライベートな質問に答える内嶋には、いっさいのためだめ行動が見られなかった。隠し子がいるという事実を知った上でも見抜けないのだから、並外れた演技力だ。

「内嶋の演技は天才的だった……」

あんなふうに自分の存在を消されたら、ましてや自分の目の前で、もう一人の娘にたいする父親の顔を見せつけられてしまったら、衝動的な殺意が芽生えるのも致し方ないとさえ思える。

「そうなんですか。内嶋ってどの映画を観ても同じにしか見えない、一本調子な演技をする役者だっていう評判でしたよね」

なかなか嚙み切れないさきいかを引きちぎりながら、西野が意外そうな顔をする。

「だから天才なのかもね。演じようと意識したときには一本調子になる。でも仕事を離れたプライベートな場面では、無意識に完璧な演技ができる」

「へえっ、そういうものなんだ。でもそれじゃあ、いくら才能があっても役者に向いてるとはいえませんよね。意識したら駄目になっちゃうんだから」

「そうかもしれない」

絵麻は唇を歪め、首をかしげる。

「でも……女性を口説く上では、役に立ったでしょうね」

「どういうことですか」

「ギャップがあるほうが異性にもてる、っていうじゃない」

「ええ、たしかにそういう話をよく聞きますね。ちょっと前に流行ったツンデレとかいう言葉もそれじゃないですか。外ではツンツンしているけど、二人っきりになるとデレデレ甘えてくるとかいう……」

「お、西野、あんた珍しく的確な喩えを持ち出したわね」

えへへ、と後頭部をかいた西野だったが、すぐに唇を尖らせた。

「珍しく……っていう言葉、余計なんじゃないですか」

まあまあと後輩の頭をぞんざいに撫で回してから、絵麻はいった。

「ギャップが人を惹きつけるというのは、心理学的にもちゃんと証明されていてね。ゲイン効果とロス効果という言葉があるの」

「なんですかそれ」

「たとえばさ、見るからに人相の悪い男が他人に優しくしている場面に遭遇すると、普通の人が同じことをしている以上に好感度が上がるってこと、ない？」

「金髪のヤンキーが道端でお婆ちゃんの荷物を持ってあげていた、とかですか」

「そうそう、まさしくその通り。第一印象が悪い相手の場合、ちょっとしたことで評価が上がってしまう。最初の評価が低いから、必然的に足し算評価になるのね。これがゲイン効果」

「なるほど」

　あっと口を開いた西野が、嬉しそうに絵麻を向いた。

「ゲインとロス、足し算と引き算。ロス効果は引き算評価ってことですね。たとえばものすごくやさしそうな好青年が、電車で目の前に立った老人に席を譲らなかった、とか」

　絵麻は人差し指を立て、生徒の成長に目を細める教師の顔になる。

「今の喩えは素晴らしい。席を譲らないなんてことさら責められるようなことでもないし、ほかの人が席を譲ってあげればいいだけの話なのに、なまじ最初の印象がいいものだからその人の評価が下がってしまう」

「わかった。女癖が悪いという評判のせいで、内嶋に初めて会う女優の誰もが、内嶋のことを低く評価していた。だから足し算式の評価になる」

「そこに無意識ながら天才的ともいえる演技でよき家庭人の顔を見せられたら……」

「ゲイン効果で内嶋を高く評価するようになり、好意を抱き始める」

「その通り、よくできました」

頭をぽんぽんと叩かれて嬉しそうな顔をしていた西野だったが、ふいに憂鬱そうに息を吐いた。

「どうしたのよ、急に」

「いや、今の話を聞いた限りでは、第一印象が悪いほうが得をするってことじゃないですか」

「まあ、たしかにそういう側面はあるわね。人物評価っていうのはわりと曖昧なものだから。でも取引先との商談や就職の面接なんかの一発勝負では、第一印象がいいほうが確実に有利だし……」

絵麻は人差し指を唇にあて、虚空を見上げる。

それから、なぜかがっくりとうなだれる西野に訊いた。

「だったら、なんなの」

「僕と楯岡さんに恋人ができない理由が、わかっちゃったんですよ。僕らは……第一印象がよすぎるから、どうしても異性から引き算式の評価をされてしま――」

いい終わらないうちに、西野の唇をつまんだ。

「どの口がそんなこといってんの。だいたい、なんで私とあんたが『僕ら』ってひと括りになってんのよっ」

「痛たたた……痛いっすよ、楯岡さん」

上下に顔を揺さぶられながら、西野が顔を歪める。

「馬鹿も休み休みにしときなさい」

目に涙を浮かべながら自分の唇を触る後輩巡査を視界から外して、頬杖をつく。ビールを口に含んでみるが、苦いだけだった。

「やっぱり楯岡さん、今日は荒れてますよね」

「そんなことないわよ……ほら、これあげる」

絵麻は食べ残しの皿を、西野のほうへ滑らせた。

「銀杏も駄目だったんですか」

「食べようと思えば食べられるけど、匂いが苦手」

「そういう人に食べられるよりは、美味しいって喜んでくれる人に食べられたほうが、おまえも幸せだよな」

西野がつまみ上げた銀杏に語りかけ、口の中に放り込む。

絵麻はカウンターの下でこっそりと携帯電話を確認した。小平山手署の山下からの着信はない。捜査状況に進展はないようだ。

事件発生からはすでに十五年が経過している。新たな証拠など見つかるはずもない。わかっているつもりだった。おそらく犯人が捕まることのないまま、事件は時効を迎える。それでも冷静な自分と理性を隔てて対岸にいるもう一人の自分は、一縷の望みを抱き続けていた。そうせずにはおれなかった。

なんのために刑事になったのか。

なんのために、心理学を学んだのか。

犯人を追いかけるためだ。

十五年前の小平市女性教師強姦殺人事件の犯人を捕まえたかったからだ。過去を清算したかったからだ。

あの男を逮捕して。

あのとき、扉一枚隔てた部屋に被害者を監禁しながら、涼しい顔で私に微笑みかけた、あの男を——。

「あれかな。スキンヘッドにしたり、髭《ひげ》生やしたりして強面になったほうがいいのかなあ。足し算式評価をしてもらうには」

絵麻の憂鬱をよそに、西野は呑気に首をひねっている。

「そうね、そうしたらいいじゃない。ついでに眉も剃《そ》って派手な柄シャツ着て、紫のスーツに白いエナメルの靴でも履いたら完璧でしょ」

「それじゃ完全に街のチンピラじゃないっすか。真面目に考えてくださいよ」

とても真面目に話を聞く気にはならず、無視してジョッキをあおった。

霞《かす》む視界に過去が映る。

私にも、やっと家族ができるんだよね……。

そういって自分の腹を慈しむように撫でる裕子。身を切るような冷たい木枯らしが、その頬を紅く染めていた。

私、いいお母さんになれるかな。

不安と期待の入り混じった呟きに、あのとき絵麻はこう応えた。

なれるよ。なれるに決まってるじゃない。

しかしそうはならなかった。彼女は母親になることなく死んだ。彼女の子供も、産声を上げることすらなくその生命を絶たれた。

ありがとう、と彼女は笑った。包容力と強さを感じさせる微笑みはすでに母親のそれになっていて、思い出すたびに絵麻の胸を衝く。

そうだ。今度の金曜日、私の家に来ない？　もうすぐクリスマスだし……彼にも、会って欲しいし――。

あのとき、あの誘いに応じなければよかったと、考えることもある。

いいや、違う。後悔するべきは裕子の自宅を訪れたことじゃない。

犯人と対面して、言葉を交わしていながら、その仕草から真実を見抜けなかったことだ。

「楯岡さん……？　どうかしました？　大丈夫ですか」

自己嫌悪に襲われて自分の腕を摑む絵麻の鼓膜を、西野の声が素通りする。

あの日、あの夜、すべてが変わった。

助けられたはずだ。きっと、助けられた。

押し寄せる後悔の濁流の中で、絵麻は目を閉じ、きつく唇を引き結んだ。

私のせいだ。

私のせいで、彼女は死んだ――。

第五話

綺麗な薔薇は棘だらけ

1

「お疲れ様でした！」

西野がジョッキをあおる。喉仏が派手に上下し、豪快に傾いたジョッキの角度が垂直に戻るころには、すでに中身は空になっていた。

「大将、お代わり」

右手でジョッキを掲げながら、左手は焼き鳥の串を口に運んでいる。

「あんた……まるでアメ車ね」

楯岡絵麻はジョッキをカウンターに置きながら、後輩巡査に冷ややかな視線を投げかけた。

「珍しいな、楯岡さんが僕を褒めてくれるなんて」

口から串を引き抜いた西野の笑顔は、恐るべき屈託のなさだ。

「褒めてなんかいないわよ。でかくて燃費悪くって、たいして走らないっていいたいの」

「でも、見てくれだけはかっこいい」

「あきれた。一度心療内科でも受診してみたら。病的な前向き思考にもなにかしらの病名をつけてくれるかもしれないわよ」

「同じ病的なら、後ろ向きより前向きのほうがいいでしょう」

二人は新橋の居酒屋でカウンターに向かっていた。被疑者を完全自供に導いた祝勝会だ。

「しかし今回もお見事でした。本来なら僕らの出る幕じゃなかったかもしれませんね」

別れ話に応じない不倫相手の女を、会社役員の男が絞殺、八王子の山中に死体を遺棄したという事件だった。完全否認を貫く男を自供に導くまでにかかった時間は、三十分足らずだった。

「だからなんで『僕ら』ってひと括りになってんのよ。あんたなにもしてないじゃない」

「わかってないなあ」

西野は絵麻の皿に手を伸ばし、焼き鳥盛り合わせの中からネギマの串を摑み取った。それを絵麻の目の前に掲げてみせる。

「楯岡さんが鶏肉だとすると、僕はネギです」

「私、ネギ嫌いだし」

反論を予想していたかのように、西野は大きく頷いた。

「知ってますよ。でも、鶏肉の間にネギが挟まっているからこそのネギマなんです。ネギのない焼き鳥をネギマとは呼びません。楯岡さんが不要だと思っていても、ネギマにはネギが必要なんです」

「私にはネギマ自体が不要なんだけど」

そこまでの反論は予想していなかったらしく、西野は唇を歪めて絶句した。しばらくネギマと対話するように手もとを凝視した後、串の先端の鶏肉にかじりつく。

「あっ……」

絵麻が慌てて両手で西野の腕を摑んだときには、遅かった。西野の口から出てきたのは、なにもついていない串だった。

「なにすんのよっ。肉のほうは食べちゃ駄目っていってるでしょう」

「鶏肉とネギ、両方を味わってこそのネギマです」

溜飲を下げたように、西野が得意げに口もとを手で拭う。

「まだ食べ足りませんよね。注文しましょうか。大将、野菜スティック」

「あんた。性格悪くなったわね」

「誰の影響かなあ」

口笛を吹く真似をしていた西野が、「あ」と絵麻を向いた。

「そういや楯岡さん、あいつとは上手くいってるんですか」

「あいつって誰よ」

「あいつはあいつですよ。ほら……この前の電話の」

小平山手署の山下のことをいっているらしい。電話の相手を、絵麻の恋人だと誤解しているようだ。

「そうね……」

どう説明しようか考え込んでいると、西野がにやりと腕組みをした。

「また相手の男の粗探ししてるんでしょ。職業病とはいえ、あんまり人のこと斜めから見てると、どんどん幸せが遠ざかっていきますよ」

「上から目線でなにいってんのよ。幸せが縁遠いのはあんただって——」

手の平を向けて話を遮られた。「ちょっとすいません」と西野が内ポケットを探る。携帯電話が振動したらしい。メール着信のようだ。電話を耳に運ばず、ディスプレイを凝視している。

「いやあ、参ったなあ……」

西野は両手で携帯電話を握り締め、でれでれと鼻の下を伸ばした。革靴の爪先が上を向き、喜びを表わしている。仕草も表情も、尻尾を振る犬そのものだ。

「そんなこといわれても、困っちゃうって」

ディスプレイに話しかけつつ、ちらちらとこちらをうかがう。

「なに、どうしたっていうのよ」

「いや、なんでもないんです。ちょっと、こっちの話で……」

「なにがこっちの話よ。話したくて話したくてしょうがないって顔しときながら」

「参ったな、エンマ様に隠し事はできないや」

言葉とは裏腹に嬉しそうに舌を出しながらいう。

「香澄《かすみ》ちゃんが、今から会いたいって」

短い沈黙の後、絵麻はすとんと肩を落とした。

「あんたまたキャバ嬢の営業メールを真に受けちゃってるわけ？　ほんと、しょうがないわね」

なにかと思えば。手をひらひらとさせてたしなめる。

「違いますよ。香澄ちゃんはキャバ嬢じゃありません。音大の大学院生で、ピアニストの卵なんです」

「あんたにそんな洒落たご身分のお知り合いがいるわけないじゃない。ピアノっていうより、和太鼓みたいな顔してさ」

いつもなら軽口の応酬になだれ込むところだが、そうはならなかった。

「ピアノと和太鼓のセッションかあ……和洋折衷って感じで、それも悪くないですね」

くねくねと身をよじらせる。

「ピアニストの卵だなんて、どうせ嘘に決まってるでしょうけど」

「嘘じゃないですよ。香澄ちゃんは早くにお母さんを亡くして、病気のお父さんの看病をしながら苦学している、努力家なんです」

「だからデート代は毎回あんた持ち……違う?」

ちらりと視線を滑らせると、西野の唇が歪んだ。

「ほらね。苦労話で同情させて客から金を引き出すなんて、ホストやキャバ嬢の常套手段じゃん」

「だから香澄ちゃんはキャバ嬢じゃないんですってば」

「あんたが女の子と知り合う場所なんて、キャバクラ以外どこにあるっていうのよ」

軽くいなしてジョッキを口に運ぶ。

「婚活パーティーです」

ビールを噴き出しそうになった。

「あんた……」

むせ返って言葉が出てこない。

「落ち着いてください、楯岡さん。大将、お水ちょうだい」

絵麻の背中をさすりながら、西野が手を上げる。

手渡されたコップの水を半分ほど飲み干してから、絵麻は鳩尾を撫でおろした。

「あんた、婚活パーティーなんて参加してたの」

まだ声がかすれている。

「そうですよ、楯岡さんにも話したと思いますけど……あれ、話したっけな」

首をかしげる西野を見ているうちに、記憶が甦った。そういえばたしかに聞いた。

学生時代の友人である有名私大付属病院の勤務医に誘われ、婚活パーティーに参加してみるという話だった。

「そこで……香澄ちゃんと？」

絵麻の眼差しに哀れみが混じったのには理由があった。

「そうなんですよ。なんだかすごく気に入られちゃったみたいで、最初から積極的だったんですよね、彼女」

やたらと幸せそうなので、よけいに気の毒になる。

「西野……」

自然と諭す口調になった。

「香澄ちゃんは、あんたの正体知ってるの」

西野が絶句する。危機に瀕した動物の行動三段階のうち一つ目のF、フリーズ——硬直。図星のようだ。

「彼女が積極的なのは、あんたのことを医者だと思っているからでしょう」

西野が参加した婚活パーティーは男性側に厳格な審査基準が設けられ、社会的地位や収入など、一定の条件を満たした者にしか参加が許されないというものだった。そんな中に一介の刑事が潜り込めたのは、友人が西野を同僚の医者と偽って口利きしてくれたからだ。

「いずれは、本当のことを話すつもりです」

うつむきながらいってから、西野は顔を上げた。

「でも、たぶん香澄ちゃんは受け入れてくれると思います。だって彼女、あなたが医者じゃなくても話しかけたって、いってくれましたから」

「あのさ、そこにいるのは医者じゃなくても弁護士とか会社の経営者とか、そんな人ばっかりなわけでしょう。外れなしのくじ引きなんだから、あんたの受け取った意味とは違うわよ」

「最初は僕もそう思いました……でも、もしも僕が医者を続けられなくなっても、ずっとついていきたいともいってくれたし」

「それは、あんたのことを医者だと信じていて、医者を辞めるはずがないと思っているからいえることじゃない。あんたは最初から医者じゃないんだから、まったく次元が違う」

「そんなことないですよ。楯岡さんは彼女を知らないから……」

「知らなくたってわかるわよ」

西野の身体が傾いて離れ、爪先も絵麻とは反対の方向を向いた。二つ目のF、フライト――逃走。

「あんたさ、少し頭冷やしなさい。病気の父親を看病しながら、苦学して大学院に通っているような女の子が、どうして高額な参加費を取られるような婚活パーティーに参加するの。男より女のほうの参加費が高くて、参加者の男はモテモテになるらしいですよって、あんたはしゃいでたわよね。そんな男の金や肩書き目当てに群がるような女、あんたの手に負えるタマじゃない。悪いことはいわない。深入りするのはよしなさいって」

肩に置いた手を振り払われた。

「なんで栢岡さんは、そうやって人の悪いところばかり探そうとするんですか。そんなんだから、いつまで経っても結婚できないんですよ」

三つ目のF、ファイト――戦闘。かちんときたが、なんとか怒りを押し殺した。

「私の結婚とか、今は関係ないでしょう」

「自分の恋愛が上手くいかないからって、人の足を引っ張るのはやめてください」

「なによあんた、人が心配してあげてるのにっ」

「栢岡さんに心配してもらわなくても結構です。僕は子供じゃない」

「浮かれて状況を客観的に判断できなくなってるんだから、子供よりタチが悪いわっ」

「だからって長続きしない恋愛ばかりしてる人に、助言なんてされたくないですね」

「なんですって。いいこと、あんたインチキ占い師のときにも思ったけれど、簡単に人を信じ過ぎるのよ。危なっかしくて見てられないわ。人間は自分が信じたいものを喜んで信じるって、カエサルも――」

「そんなサッカー選手の言葉なんか知りません！」

「カエサルはサッカー選手じゃないわよっ。あんた大学まで出てなに勉強してきたの。紀元前ローマの――」

「そんなのどうでもいいんです！　楯岡さんはたしかに刑事としては有能だし、尊敬もしてるけど、だからって僕は楯岡さんみたいになりたいとは思わない。僕は人を信じたいんです。信じて生きていきたいんです」

いつの間にか二人とも立ち上がり、睨み合っていた。

やがて西野が気まずそうに顔を逸らした。そのまま絵麻に背を向け、歩き出す。

「ちょっと、どこ行くのよ」

「帰ります。今夜は美味い酒が飲めそうにない」

「あら、そう。勝手にすれば。ちょうど香澄ちゃんから会いたいっていわれてたんだものね。彼女に会いに行ったらいいわ。きっとやさしく慰めてくれるでしょうよ。あんたにお金があると思ってるうちは」

引き戸が開き、ぴしゃりと閉まる。

絵麻はカウンターに座り直し、ビールを一気飲みした。

「二度と見たくないわよ。あんたの顔なんか」

空になったジョッキをカウンターに叩きつけると同時に、深く長いため息が漏れた。

2

取調室のデスクにつきながら、絵麻は口の中に広がる後悔の苦さに顔をしかめた。

目の前では谷田部《やたべ》香澄が不安そうに肩をすくめている。二十九歳。イブサンローランの白い七分丈ワンピースに黒いカーディガン、背中まで伸びた艶やかな黒髪をカチューシャで留めた装いは、なるほどピアニストを目指す音大大学院生という肩書きに相応しい上品さを漂わせているが、苦学生というにはあまりにも説得力がない。

西野のアホッ、貧乏人が普段からイブサンローランなんか着るかっつーの——。

ちらりと背後を一瞥すると、いつもとは違う細い肩幅が目に入る。今回の立会いは捜査一課の同僚で、森永《もりなが》という名前の刑事だった。西野とは同期にあたる。

「谷田部……香澄さんね」

絵麻はデスクの上で手を重ねた。

どこかぼんやりとしていた瞳が思い出したように焦点を結び、上下する。

「はい。そうです」

「捜査一課の楯岡です。あなたがここに連れて来られた理由は、わかっているわよね」

いつもなら親しげな態度で取り調べ相手との心理的距離を縮めるところだが、とても作り笑顔ができる心境ではなかった。

「はい……家にいらっしゃった刑事さんからうかがいました。なんでも私に――」

「結婚詐欺の容疑がかかっているの」

威圧的な態度をとれば、相手は心を閉ざす。わかっているが、つい声が低くなる。

「山田次雄《やまだつぐお》さん、という男性を知っているわね」

「ええ、存じ上げています。私がお付き合いしていた男性です」

「お付き合いですって？　よくいうわよ。あなたは婚活サイトで知り合った山田さんに結婚をちらつかせて金銭を要求し続け、彼から合計千三百万円にものぼる金を騙し取っていた」

「彼が、そういうふうにいったのですか……」

「そうよ」

実際には警察――というよりも絵麻が山田を説得し、半ば強引に被害届けを出させていた。

「そうですか……彼からそんなふうに思われていたなんて」

悲しげに目を伏せる香澄に、なだめ行動らしきものはなかった。ただし悲嘆に暮れる様子としては、どこか演技めいた空々しさも感じる。その根拠はわからない。サンプリングが不足しているからだ。

　香澄は顔を上げると、絵麻の目を真っ直ぐに見つめた。

「誤解です。私は彼との将来を本気で考えていました」

　訴えかける眼差しには、真摯な光が宿っている。

「じゃあ、西野はいったいどうなるの。あなたは山田さんと真剣に交際しながら、婚活パーティーに参加して、そこで知り合った西野にたいしても、ずっとついていきたいなどと発言していた。これはどういうことかしら」

　視線を鋭くして追及すると、返ってきたのは驚くべき答えだった。

「それは、西野さんとも真剣に将来を考えていたからです」

「じゃあなに、あなたは山田さんとも西野さんとも、真剣に将来を考えていたというの」

「倫理的に許されることでないのは、承知しています」

　香澄は視線を落とし、自分の胸に手をあてる。

「どちらも素敵な男性だったものですから……ひどい女ですよね、私」

　みるみる目が潤み、最後には声が震えていた。

「たしかにひどいといえばひどいわね。でも未婚同士の男女が、二股をかけるかけないなんていう話はありふれてる。それだけならば犯罪にもならない。問題はあなたが結婚を餌に複数の男性から金銭を騙し取っていたこと……そして用済みになった男性を、次々と殺害していたことよ」

　香澄の周辺では、ここ数年で四人の男が不審死を遂げている事実が判明した。詐欺罪での任意同行は連続殺人事件を取り調べるための口実——いわば別件逮捕だった。

「三年前の八月、千葉県在住の会社役員、小坂雄三《こさかゆうぞう》さんが練炭で、翌年二月には埼玉の会社員、斉藤明文《さいとうあきふみ》さんが首を吊って、その二か月後には神奈川で同じく会社員の佐《さ》々《さ》木《き》義雄《よしお》さんがビルの屋上から飛び降りて、そして昨年五月には東京町田市の医師、村山和巳《むらやまかずみ》さんが自動車内に排気ガスを引き込んで、それぞれ自殺している……いや、自殺していることになっている。いずれも、あなたと交際していた男性よね」

　捜査資料によると町田市の男性が死亡した際、北町田《きたまちだ》署は香澄から事情聴取を行なっていた。しかしとりわけ香澄を疑うに足る物的証拠も存在しなかったため、たんなる参考人としての事情聴取だった。ほどなく、事件性なしの自殺として処理されている。

「自殺していることになっている……って、自殺ではなかったのですか」

　香澄は大きく目を見開いた。しかし大脳辺縁系の反射にしては反応が遅い。本当に驚いているのではなく、驚いたふりをしているのは明らかだ。

間違いない、この女はすでに四人を殺害している――。

「自殺ではない……そうでしょう」

絵麻は上目遣いに問いかけながら、マイクロジェスチャーを見逃すまいと全身の神経を研ぎ澄ませた。

「そう……なのですか。私はてっきり自殺だとばかり思っていたのですが」

香澄の表情はやはり作りものめいた雰囲気だが、明白ななだめ行動と断定できる仕草はない。

いや、ないのではない。見つけられないのだ――。

絵麻は自らが唇を嚙むなだめ行動をしながら、いつもの手順を踏まなかったことを悔やんだ。とはいえ香澄にたいして親しげに接することができたとは思えないし、そうしたくもなかった。これからの取り調べの過程で、サンプリングを完成させるしかない。

「あなたと交際していて命を落とした男性は、いずれも家族がいないか、もしくは家族と疎遠になっている状態だった。人付き合いがあまり得意ではない男性ばかりだったようね……職場の同僚などに聞き込みをしても、親しい友人もおらず、プライベートを把握している人間がいなかったため、自殺の動機ははっきりしなかった」

香澄と交際したすべての男が不審死を遂げているわけではない。殺害に至るか至らないかという線引きはおそらく、相手の周囲に死因を疑うような近しい存在がいるかだ。

「あなたの口座を調べさせてもらったわ。あなた、ろくに働いている様子もないのにずいぶんと預金しているのね」

死亡した男たちからの振込み履歴が見つかればよかったのだが、手渡しされた現金を香澄が自分で口座に預け入れているらしい。外部からの入金は確認されなかった。

「着ているものはハイブランド、住まいは代官山《だいかんやま》駅近くのデザイナーズマンション。そしてあなたのブログを読む限りでは、毎日のようにあちこちの高級レストランに出かけているみたいじゃない。父親の看病をしながらピアニストを目指す音大大学院生だなんて、聞いてあきれるわね。あなたが湯水のように遣っていた金は、男たちに貢がせたものだったんでしょう」

呆然とした表情。一つ目のF、フリーズ――硬直か。いや、違う。頬の筋肉は弛緩したままだ。危機感を抱いているわけではない。

五分の一秒で絵麻がそう判断した直後、香澄の瞳に意思がこもった。

「男性からいただいたお金を生活の足しにしていたことはたしかです。しかし、私はお付き合いする方には、最初から生活を支援していただくことが前提だとお話をしていました」

「生活の足し、だなんて金額じゃないでしょう」

「金銭感覚は人によって異なると思います……私がお付き合いしていた男性方にとっては、それほど大きな金額でもなかったのではありませんか。私が無理をいってお願いしたわけでもありませんし」

「たしかに、あなたは相手の男性を脅したりすることはなかった。でも、心理学を応用した巧みな話術を用いて、相手の男性が断ることのできないように仕向けていた」

「おっしゃる意味が、よくわかりませんが……」

ぼんやりと首をかしげる香澄に視線を固定したまま、絵麻は手もとの捜査資料をめくった。

「あなたから結婚詐欺の被害を受けたという山田次雄さんの調書から、一部を読み上げるわね。山田さんにたいして最初にあなたが経済的な支援を要求したのは、麻布《あざぶ》にあるイタリアンダイニングでの食事中のことだった。あなたはあなたの父親が重病を患っていて、治療費が捻出できないといって泣いた。このままでは大学院にも通うことができなくなり、ピアニストの夢も諦めるしかないと。そんなあなたに同情した山田さんは、いくら必要なんだと訊いた。あなたは確認した。父の治療費を出してくれるのですか、と。山田さんは、若いころから積み立ててきた貯金があるからできる限りのことはするよ、と応じた。そこで初めて、あなたは必要な金額を告げた。二百五十万……と。間違いないわね」

五分の一秒間だけ虚ろな表情をしていた香澄が、我に返ったように頷く。

「その通りです。間違いありません」

なだめ行動はまだ見つけられない。

「あなたの会話の進め方はローボールテクニックと呼ばれる、心理学実験で立証された交渉術よ。一度承諾をしてしまった相手は、その後デメリットを伝えられたとしても断るのが難しくなる。アメリカの心理学者、ロバート・チャルディーニが行なった実験では、『朝七時に研究室に来て実験を手伝って欲しい』と依頼された学生のうち、応じたのは三十一パーセントに過ぎなかった。ところがまず『研究室に来て実験を手伝って欲しい』とだけ依頼し、承諾を得た後で『朝七時集合』というデメリットを伝えた場合には、応じた学生は五十六パーセントにものぼった。人間は自分の決断に責任を取ろうとする。あなたは山田さんが金を出すことを承諾した後で、初めて必要な金額を告げた。だから山田さんは金額の大きさに驚きながらも、断ることができなかった」

「そうだったのですか……私の無意識な言動が、結果的に彼を無理させていたなんて」

うつむきがちにかぶりを振る香澄の仕草が白々しいのは、瞳の揺れがまったく見られないからだろう。悲しみや後悔などの感情を抱くとき、普通ならば黒目の位置が不安定になる。絵麻は着実にサンプリングを積み重ねていく。

「まだあるわ。あるとき、あなたは山田さんにこういって金銭を要求している。ギャンブル癖のある叔父が、あなたと父親の暮らす家を勝手に抵当に入れていた。来週までに二千万円の借金を返さないと、家が差し押さえられてしまうから助けて欲しいと。そんな大金はすぐに用意できないと山田さんが答えると、あなたはその場で抵当権者に電話をかけた。そして電話を切ると、五百万だけ用意すれば差し押さえを待ってもらえるといった。五百万円ならなんとかなると思った山田さんは、翌日には銀行で定期預金を解約した……。最初にあえて無理な要求を突きつけ、その後ハードルを下げることで承諾を勝ち取る。これをチャルディーニはドア・イン・ザ・フェイス・テクニックと名づけているわ」

「そうなんですか……私はひどい女ですね……」

香澄が悄然と肩を落とし、ため息を吐く。

絵麻はいつの間にか前のめりになっていたことに気づき、椅子の背もたれに体重をかけた。視野を広く取って観察しないと、なだめ行動を見落としてしまう。

「あなたは結婚を餌に、男性から金を騙し取っていた。そしてすべてを奪い取った後で用済みになった相手を、自殺に見せかけて次々と殺害していった」

「そんなこと……」

香澄は悲しげに眉を下げた。

どこだ、どこに嘘を見抜く鍵がある――。

「あなたはピアニストを目指す大学院生なんかじゃない。あなたの通っているという音大に問い合わせてみたけれど、そんな学生は在籍していないという返事だった。家族もおらず、友人も少なく、人付き合いの苦手だった孤独な独身男性にとっての高嶺《たかね》の花を演じるために、あなたは身分を偽っていた」

「たしかに……私は音大生ではありません。好きな相手に自分をよく見せたかったから、つい嘘をついてしまいました……」

まだ見つからない。なだめ行動が見分けられない。

「もしもそういう気持ちからの嘘だったなら、何人もの男性にたいして、同じように自分を偽るのはおかしいじゃないの」

「それは……私自身が憧れた自分を、演じていたのかもしれません」

「ピアニストになりたかったの」

「はい。過去に音大に入学したのは事実です。でも、母が亡くなり、父の病気も悪化したので退学せざるをえなくなって……」

うつむいた香澄の肩が、細かく震え始めた。

その瞬間に、閃きがよぎる。

絵麻の重ねた手がほどけ、指同士を付け合う『尖塔のポーズ』に変わった。

「それは嘘ね。あなたのご両親は、秋田でご健在じゃないの」

その事実はすでに捜査で明らかになっている。絵麻が嘘を見抜いたわけではない。

しかし絵麻は、明らかに事実と異なる供述をする香澄を観察することで、彼女が嘘をつくときの癖――なだめ行動を摑んだ。

「でも、あなたがピアニストに憧れていたということだけは、本当なんでしょうね」

両親について嘘を語るとき、肩を震わせる香澄の上腕部の筋肉に、かすかな動きがあった。おそらく膝の上に置いた手が、鍵盤を叩く動きをしたためだ。

香澄は幼いころからピアノに親しんできた。だから不安を感じたときには、指先が無意識に鍵盤を求めてしまうに違いない。

それ以外のなだめ行動については、今のところ見つからない。ほんのわずかな腕の筋肉の動きだけが手がかりというのは、あまりにも心許なかった。

だが完全なサンプリングを終えるまで、時間をかけている余裕もなかった。

「どうしてなの」絵麻は訊いた。

「どうして、西野だったの。西野はこれまであなたが手にかけてきた被害者像とは、対極じゃないの。家族とも頻繁に連絡をとっているし、友達だって少なくない。社交的な性格だし、なにより……あなたに金銭的な援助をするだけの経済的な余裕はなかった。なのにどうして……西野が医者じゃなかったから？　あなたに嘘をついていたから？　だから……」

爆発しそうな感情を懸命に飲み込む。

「そんな……西野さんが本当は刑事さんだったというのは、警察の方が家に訪ねてこられたときに初めて知ったんです」

「教えてちょうだい。西野が――」

凶兆を奥歯で嚙み潰しながら、絵麻は視線を鋭くした。

「西野が、どこにいるのかを」

3

「どうして私が、西野さんの居場所を知っているのですか」

香澄が不思議そうに瞬きをした。

「西野が行方不明になる直前、最後に接触していたのはあなただった」

絵麻は視線を香澄の顔に向けながら、意識は彼女の上腕部へと集中させている。

新橋の居酒屋で喧嘩別れした翌日、西野は無断欠勤した。電源が切られているらしく、携帯電話も繋がらなかった。前の晩は独身寮に帰ってもいないようだった。

絵麻は西野の所在不明届出書を提出し、刑事部長に直談判した上で、なかば強引に捜査を開始させた。電話会社から西野の携帯電話の通話履歴を取り寄せたところ、絵麻と別れた直後に香澄に電話している事実が判明した。新橋から代官山まで、西野らしき人物を乗せたというタクシー運転手の証言も得られている。

そして捜査を進めていくうちに、香澄がブログを開設していることがわかった。豪《ごう》奢《しゃ》な生活ぶりをうかがわせる記事には、何人かの人物が頻繁にコメントを寄せていた。

西野捜索にあたる捜査員たちは、ブログにコメントを残している人間に片っ端から接触を試みた。

そして浮かび上がった人物が、山田次雄だった。山田は半年間の交際で香澄に千三百万円近くの金を渡しており、蓄えが底をついたところで別れ話を切り出されていた。その後命拾いしたのは、おそらく母親と同居していたからだ。

「たしかにあの晩、西野さんにお会いしました。ですが家にいらした警察の方にもお話ししましたが、西野さんはすぐに帰られたんです」

腕の筋肉に動きがない。その部分だけを材料に真実を探るのは、やはり無謀なのか。

通常、なだめ行動を見極める際には広くアンテナを張り巡らせる。肉体のある一部分にだけ注目することはない。なだめ行動は一人につき一パターンしか存在しないわけではないからだ。あるときには首もとを触り、次に嘘をつくときには視線を逸らすなど、人間はさまざまななだめ行動を駆使しながら、嘘をつくことによる心理的圧迫を解消しようとする。

「そんなはずはないわ。あなたは西野がどこにいるのかを知っている。そうでしょう」

「存じ上げません」

そのとき、かすかに香澄の腕が震えた──ような気がした。

「西野の居場所を知っているでしょう」

もう一度確認してみる。

「いいえ。私にはわかりません……」

間違いない。香澄は嘘をつくときに、デスクの下でピアノの鍵盤を叩く仕草をしている。

いけるのか……。

一抹の不安を抱えつつも、絵麻は背後に右手を伸ばした。

「地図」

振り返ると西野の定位置に座った森永が、目をぱちくりとさせる。

「地図……ですか」

ふだん絵麻の取り調べを目にすることのない森永には、なにが起こるのか想像もできないようだ。目の前に差し出された絵麻の手を不思議そうに見つめている。

「足もとにバッグがあるでしょう。そこに地図が入っているから……」

「ああ……はい」

とくに仕事ができないタイプでもない森永がもたつく様子に、知らぬ間に西野との阿吽《あうん》の呼吸ができあがっていたことを痛感する。

住宅地図を手に、絵麻は正面に向き直った。デスクの上で東京都全体が描かれた広域地図の頁を開くと、香澄がわずかに顎を上げて覗き込む素振りを見せた。緊張も警戒も感じられない。おっとりという印象を通り越した、どこか茫洋《ぼうよう》とした佇まいだ。

　この、違和感は——。

　蛍光灯の光すらも反射することなく吸収してしまいそうな光の弱い瞳を、絵麻は見つめた。

　早く西野を見つけなければという焦りから、サンプリングを省いて取り調べを開始してしまった。そのせいでなだめ行動を見極めるのに難航した。そう思っていた。

　だが、違う。香澄の大脳辺縁系の反射は、明らかに鈍い。

「ひょっとしてあなた……なにか薬を飲んでいるの」

　香澄の瞳が意思の光を宿すまでに、五分の一秒かかった。本来ならマイクロジェスチャーが表われるはずの時間だ。

　香澄は頷いた。

「はい。それが……なにか」

「あなた、どこか悪いの。あなたが飲んでいるのは、病院で処方された薬でしょう」

　医師の処方箋なしで購入できる市販薬ならば、ここまで反射が鈍くなるはずがない。

「ええ。うつ病を患っているので、抗うつ剤を……」

そういうことか。絵麻は唇を嚙んだ。

抗うつ剤は脳内で発生する神経伝達物質の働きを阻害することで作用する。薬によって大脳辺縁系の働きが抑えられたために、マイクロジェスチャーが表われなかったのだ。

「薬を飲んでからどれくらい経つの」

「朝食を摂った後に飲んだので、二時間ほど前でしょうか」

絵麻は腕時計に視線を落とし、時刻を確認した。原因が抗うつ剤だとしたら、いずれ血中濃度半減期を迎えてなだめ行動が表われるようになる。しかし抗うつ剤の半減期は薬の種類によって差が大きく、短いもので四時間、長いものになると丸一日にものぼる。

やはり半減期を待つ余裕はない。

「あの……私が薬を飲んでいることで、なにかいけないことでも……」

不安そうに訊ねてくる香澄に、かぶりを振った。

「いいえ。なんでもない。いちおう……あなたがかかっている先生の名前を教えてくれるかしら」

「港区にある楠木《くすのき》心療クリニックの、楠木ゆりか先生です」

少し意外な気がした。男を手玉にとる手口、自らの作り上げた虚像を演じ、酔いしれる様子から見ても香澄は演技性人格障害だ。そのタイプは異性を騙し、籠絡する術には長《た》けているものの、同性と対等な信頼関係を築くことは難しいとされている。

絵麻はメモ用紙にその名前を書き留めてから、顔を上げた。

「それじゃあ、西野がどこにいるのか教えてちょうだい」

「何度訊かれても、存じ上げないものは答えようがありません」

「あなたに訊いているんじゃないの。あなたの大脳辺縁系に、質問しているの」

「え……」

薬によって大脳辺縁系の反射は鈍くなっているものの、上腕の反応を見る限りでは、完全になだめ行動が抑えられているわけではない。

「よろしくね、大脳辺縁系ちゃん」

祈るような気持ちでその言葉を口にしたのは、初めてのことだった。

「荒川区、足立区、練馬区……」

東京二十三区の名前を読み上げていく。

「江東区」で、香澄の上腕がかすかに痙攣した。念のために素通りし、東京都下の市の名前まですべて読み上げた後で、もう一度最初から同じことをやった。

「江東区」

間違いない。香澄の大脳辺縁系は「江東区」という言葉に反応している。

「江東区なのね」

「江東区……ですか。たしかに江東区には知り合いが住んでいますが、西野さんとは関係がありません」

香澄の上腕部の皮膚が震えていた。大脳辺縁系が弱々しいながらも嘘だというメッセージを発信している。

「いったでしょう。あなたの口から真実を聞こうなんて思っていない」

絵麻は江東区の頁を開き、今度は町名を読み上げ始めた。町名を確認し、相手の顔を見ながらその名前を告げる。ただし上腕に注目していることを悟られるわけにはいかず、いつもよりも時間がかかってしまうのがもどかしい。

それでも一時間ほどかかって、江東区にあるマンションの一室を特定できた。

「その場所は、違うんです。そこは……」

狼狽《ろうばい》する香澄を無視して、ペンを走らせる。

走り書きのメモを差し出すと、森永は不審げに眉根を寄せた。

「なんですか、これ……」

「なにって、ここに捜査員を急行させて」

メモを挟んだ指先を、苛々《いらいら》と上下に振る。

「どうして……ここに」

「いいから早く」

手の中に強引にメモを押し込み、立ち上がった森永の腰を押した。森永が不満そうにこちらを振り返りながら、取調室を出て行く。

二人きりになると、絵麻は香澄に向き直った。

どうしても、確認しておかなければならないことがある。

「西野は……生きているの」

「さっきから申し上げている通りです。私は西野さんがいま現在、どこでどのようになさっているのかは、存じ上げません」

香澄の上腕は微動だにしない。

「私のいう通りに、繰り返してくれないかしら……西野は生きている」

「ですから、私は——」

「お願いだから、私のいう通りにいって」

強く咎める口調になり、香澄の両肩が小さく跳ねた。身体を傾けて取調官から心理的な距離をとりながら、怯えるような上目遣いで唇を動かす。

「西野さんは、生きています」

その瞬間、香澄の上腕がぴくりと動いた。

嘘だ。と、いうことは……。

4

背後で扉の開く音がして、絵麻は振り向いた。

取調官の異変に気づいたらしい。部屋に入るなり、森永が眉をひそめる。

「どうかしましたか、楯岡さん」

「なんでもないわ……」

「いわれた通りに、あの住所へ向かうように伝えてきました。所轄にも指示したそうです」

「そう……どうもありがとう」

西野さんは、生きています――。

そういったときの香澄の上腕は、なだめ行動を見せた。つまり、嘘。

いや、そうとも限らない。その直前に声を荒らげて威圧的な態度を取ってしまったから、たんなる不安解消行動かもしれない。あるいは見間違いかも。

人間は自分が信じたいものを喜んで信じる——。

西野に与えたはずの助言が撥ね返ってきて、絵麻は慄然とした。

「刑事さん……どうかなさいましたか」

香澄が心配そうに覗き込んでくる。

「いえ、大丈夫……」

大丈夫だ、きっと。まだ希望はある。自らを奮い立たせ、表情を引き締めた。

「あの、先ほど、刑事さんがおっしゃった住所についてですが……」

「なにかしら」

「そこはたしかに、私の知っている方の住まいです。ですが、西野さんとは関係ありません」

「どういうこと……いったい、誰の家なのかしら」

「高梨和也《たかなしかずや》さんという方です。ＩＴ関係の会社に勤めていらっしゃいます」

「あなたとの関係は？」

「交際していました」

「なんですって……あなたいったい、何人の男と同時に付き合っていたの」

「よくないことだとはわかっていました。だからみなさんと別れることにしたんです。あんなことがあったし……」

香澄は申し訳なさそうに肩を窄め、うつむく。

「あんなことって」

「少し前、西野さんとデートしていたときに、高梨さんとばったり会ったんです。高梨さんは最初から喧嘩腰で、西野さんと揉《も》み合いの口論になりました」

「そんなのは嘘よ」

もしもそれが事実だとしたら、あれほど強硬に香澄を弁護できたはずがない。

「嘘ではありません。今にも殴り合いになるんじゃないかと怖くて怖くて……そのときに男性方にいかにひどいことをしてきたのかを自覚して、みなさんと別れようと決めたのです」

「ありえない」

かぶりを振った後で、絵麻はなだめ行動にまったく気を配っていなかったことに気づいた。

「どう受け取られようと、本当のことなんです。あれ以来、西野さんは私のことを疑い始めて、高梨さんのことをしつこく訊いてくるようになって……」

今度はしっかり意識して見たが、香澄の上腕部に動きは見られなかった。

「なにが狙いなの」

絵麻は声を落とし、香澄を睨んだ。

「狙いって……」

「そんな作り話をする目的はなんなのか、ってことよ」

「作り話ではなくて、本当のことなのですが」

「嘘……」

いってはみたもののなだめ行動による根拠がないために、追及の矛先が鈍る。

「西野はあなたのことを微塵も疑ってはいなかった」

「刑事さんの前では、もしかしたらそう振る舞っていたのかもしれませんね」

「そうじゃない。あいつはあなたのことを、心の底から信じ切っていた」

「そうだったらよかったと、私も思います……ですが、そうではありませんでした。

私が悪かったのです」

「あなたは嘘をついている」

「どうして、そんな――」

いいかけた香澄が、はっとなにかに勘づいた顔になる。

「もしかして、刑事さんも西野さんのことを……」

絶句した絵麻には、自分が絶句した理由がわからなかった。

わけがわからずに大きくかぶりを振る。

「違う、そんなんじゃない。私は長い間、あいつと一緒に仕事してきた。あいつのことは誰よりもよく知っている」

そのとき、扉をノックする音がした。

薄く扉を開いて、同僚のベテラン刑事が顔を覗かせる。

「楯岡……ちょっといいか」

くいくいと指を曲げて呼ぶベテラン刑事の赤ら顔は、こころなしか蒼ざめていた。低く震える声にも、いつものような覇気が感じられない。

「少し失礼するわ」

絵麻は席を立ち、取調室の外に出た。

扉を閉めると、同僚はいった。

「まずいことになった」

よからぬことが起こっているのは、胡麻塩頭を強くかきむしる仕草からも明らかだ。

防衛機制の『置き換え』――数多の修羅場をくぐり抜けてきた彼が、その仕草を見せることは珍しい。

「やっこさんからおまえが導き出した住所、そのマンションに捜査員を派遣したんだが……」

ベテラン刑事は顔をしかめ、無精ひげをかき、長い間目を閉じる不安解消のためのなだめ行動をした後で、苦しげに声を絞り出した。

「そこで刺殺体が見つかった」

絵麻は息を吸い込んだまま、それ以上呼吸の方法がわからなくなった。

5

「お待たせ」

取調室に戻り、絵麻は椅子を引いた。重ねた手の上に顎を乗せ、無表情に香澄を見つめる。相手の唇が動きかけたところで告げた。

「あなたのいった通り、あの住所は高梨和也さんのマンションだった。そしてその部屋から、高梨和也さんの遺体が発見された」

「なんですって……どうしてそんなことに」

口を手で覆い、瞳を潤ませる香澄の上腕部は微動だにしない。

「現場から見つかった遺留品の中に、西野の警察手帳と財布があったわ。凶器となった果物ナイフからも、西野の指紋が検出された」

がたんという物音は、立会いの森永が驚いて振り向いたのだろう。

「まったく……まんまとしてやられたわ。これが狙いだったのね」

絵麻は長い息を吐きながら自分の肩を揉んだ。

「どういうことですか……高梨さんが亡くなった？　そして、そこには西野さんの指紋が……」

「そうよ。さっきあなたから聞いた、西野があなたを巡って被害者と口論になったという話を併せると、捜査本部は重要参考人として西野の行方を追わざるをえない。それがあなたの狙いだった」

「どうして私がそんなことを……」

「答えは簡単よ。あなたが高梨さんを殺した。その罪を、西野に着せようとしている。だから遺留品として西野の私物を残し、私に現場を特定させた……違うかしら」

「違います。私には、そんな恐ろしいことできません」

なだめ行動は期待できない。先ほどまで注視していた上腕部の反射すらも罠だった。香澄が抗うつ剤を服用していたのはおそらく偶然ではない。薬でなだめ行動を抑えた上で、人差し指で腿《もも》を叩く偽のなだめ行動で誘い込み、あえて絵麻に誤読させた。

西野さんは、生きています——。

そういったときに香澄が上腕部を反応させたのも、おそらく動揺を誘うための挑発。絵麻にだけ伝わる挑戦状だ。

なだめ行動から殺人現場を導き出したという事実は記録にも残らず、なんの証拠にもならない。上手く利用すれば匿名の通報などよりもよほど安全に、警察に遺体を発見させることができる。いくら絵麻が西野の無実を主張したとしても、その根拠はほかの捜査員たちには実感として伝わらない。状況から西野を犯人にもっとも近い存在と考えて、追わざるをえなくなる。

つまり。

「あなたは西野が刑事であることを知っていた。そして私が……どういう取り調べをするのかも聞いていた」

そうでなければ、偽のなだめ行動で捜査を誘導するなど不可能だ。

「いいえ。私は西野さんが刑事だなんて、知りませんでした」

否定する香澄になだめ行動はない。上腕の反応もなくなり、西野の居所を探る手がかりは完全に途絶えた。

香澄はこれまでに四人――新たに発見された高梨和也を含めると五人の男を殺害してきた。金を騙し取った後はたんに別れればいいものを殺害にまで至っているということは、おそらく殺人行為自体に快楽を見出しているシリアルキラーだ。

最初の四人にかんしては完全に自殺に見せかけることに成功している。ところが五人目の高梨については自殺偽装に失敗してしまったのだろう。どうあがいても事件性を疑われる状況に陥ってしまった。

そこで西野に罪を被せようとした。現場に遺留品を残し、警察に西野を追わせる。逃亡中の重要参考人が絶望の果てに自殺するというストーリーを描こうとしていたとすれば、すぐに西野を殺害することはない。

ということは、わずかながら西野が生きている可能性も残されている。

だがどうすればいい、どうすれば……。

思わず手で目もとを覆った。

「刑事さん……どうなさいました」

香澄からいわれて、初めて自分が現実から目を逸らしたいというなだめ行動をとっていることに気づいた。

「なんでもないわ。ちょっと頭痛が……寝不足のせいかしら」

苦しい言い訳で誤魔化した。腕組みをし、椅子の背もたれに身を預ける。

その瞬間、ふいに目に飛び込んできた光景に絵麻の瞳孔は拡大した。

香澄の両脚が、足首付近で交差している。従属的な性格を表わす椅子の座り方だ。

他人への共感性が皆無で、過大な自己愛と自己評価を抱きがちなサイコパスにしては不自然な姿勢だった。

主従関係――絵麻は思った。

アメリカで十一人を殺害したチャールズ・スタークウェザーとカリル・アン・ファゲイトや、同じくアメリカで十二人を殺害し、映画『俺たちに明日はない』のモデルにもなったボニー・パーカーとクライド・バロウなど、シリアルキラーの中には二人組で犯行に及ぶものがいる。二人組のシリアルキラーの場合、その立場は対等ではなく、主従関係が成立していることも多い。

香澄には、共犯者がいる――。

愕然《がくぜん》としながら顔を上げると、そこには無垢《むく》を装った瞳があった。

6

「わかったわ……」

絵麻は懸命な笑顔を被疑者に向けた。

「あなたはなにも悪くない。結婚詐欺もしていないし、当然、殺人も犯していない」

「え……楯岡さん、なにをいい出すんですか」

背中に聞こえる森永の声は無視した。

「あなたは自由よ」

態度を豹変《ひょうへん》させた女刑事に、どう応じるべきか探っているらしい。香澄はうかがうような上目遣いをしている。

「ただ、最後にひとつだけ、お願いがあるの」

肩をすくめて手刀を立てると、香澄はわずかに身を引いた。警戒しているようだ。

「な……なんでしょう」

「ちょっと、両手を出してみてくれない」

「えっ……」

「実は私、最近占いの勉強をしていてね。練習台になって欲しいの」

「楯岡さん、なにをやってるんですかっ」

森永が勢いよく椅子から立ち上がる。

「なに、あんたも私に文句があるっていうの」

絵麻は差し出された香澄の両手をとりながら、背後に冷たく告げた。

西野ならばおとなしく引き下がるところだろうが、絵麻の取り調べに初めて立ち会う森永は、肩をいからせながらテーブルのそばまで歩み寄ってきた。

「こんなことに意味があるとは思えない」

「意味なんてないわよ。いったでしょう。彼女は詐欺も殺人もやってない。取り調べは終わりなの。だからこれは、あくまで個人的なお願い……ねえ」

微笑みかけると、香澄からは引きつった笑みが返ってきた。

「取り調べは終わってない！　あんたいったい、なにいってんだっ」

「私が終わりといったら終わりなの。そんなところに立っていられたら邪魔だから。あんたはさっさと重要参考人の足取りを追いなさい」

「殺人の重要参考人はここにいるだろうっ」

森永が鋭く香澄を指差す。絵麻は腰を浮かせて手を伸ばし、その手を叩き落とした。

「なにやってんのよっ。重要参考人は西野でしょう。彼女はもう事件に関係ない一般市民なの。失礼なことしないでちょうだい」

「ふっ……ふざけんじゃねえっ。西野が人を殺すわけないだろうがっ」

「ふざけてるのはあんたのほうでしょう。状況証拠では、西野がもっとも疑わしい存在であることに間違いないんだから。それともなに、あんたもすっかり身内に甘いぬるま湯体質に浸かっちゃってるの」

「なんだと！　あんた、西野が殺人犯だっていいたいのかっ」

「かもしれないわね」

「なにぃっ」

森永と睨み合いながら、絵麻は内心でほくそ笑んでいた。

初頭効果により、人間の印象は初対面の四分間で決定づけられる。最初から敵対心むき出しだった女刑事にたいして、香澄はおいそれと心を開いてくれないだろう。

それでも初対面の印象が悪いということは、ゲイン効果が期待できる。最初の印象が悪ければ悪いほど、ちょっとしたことで好感に繋がる。

絵麻は森永を共通の敵に仕立てることで、香澄との間に連帯を生み出そうとしていた。敵の敵は味方になるという、オーストリアの心理学者、フリッツ・ハイダーが提唱した認知的バランス理論を実践したのだ。これにゲイン効果が加われば、当初の悪印象は急激に好感へと転じる。そのはずだ。

「あんたそれでも刑事かっ」

「あんたこそそれでも刑事なの。実際に挙がっている証拠を無視して、犯人を作り上げようとしている。無実の市民に罪を着せようとしている」

「違う！　どう考えてもホシはこの女だ！」

「どう考えれば彼女がホシになるのかしら。殺人現場からは西野の私物が発見され、当の西野は行方をくらませている。そして彼女の証言によれば、西野は過去に彼女を巡って被害者と口論していて、被害者を恨んでいた」

　ぐっ、と森永が言葉を詰まらせた。

「いいたいことはそれだけなの。あんたのとったその態度、後でちゃあんと部長に報告しておくからね。いいからさっさと消えてちょうだい。占いに集中できないじゃない」

「勝手にしろっ、このクソアマッ」

　森永が捨て台詞を吐いて取調室を出て行く。乱暴に扉の閉まる音がした。

「おお、怖い怖い。嫌ねえ、ほんと。刑事って人種は頭が固くて。いったん犯人だと決め付けちゃったら、考えをなかなか変えられないのよ」

「刑事」と自分は距離を置いているのだと印象づける表現で駄目押しをした。

「大丈夫なんですか。あの方、だいぶ……怒ってらっしゃったようですが」

香澄は怯えた様子で扉のほうをうかがっている。

「大丈夫よ。しょせん血の気だけ多いヒラの役立たずだもの」

絵麻は椅子を持ち上げ、そそくさと香澄の斜向かいに移動した。反対意見を持つ者同士は対面の席に座る傾向が強いというスティンザー効果の応用だ。正対を避けることで同調を演出することができる。

「じゃあ、いいかしら。すぐに済むから」

「はい」

絵麻は香澄の両手を握った。自然な動作で相手の密接距離に侵入することにより、親密さを装ったのだ。

「深く息を吸って……吐いて……目を閉じて、呼吸に集中して……」

逸る気持ちをぐっと堪えて、しばらく時間を置いた。

「もう、いいわよ」

香澄がゆっくりと瞼を開く。絵麻は軽い口調で話し始めた。

「この前、聞き込みであるお宅を訪れたらね、そこの犬にえらく懐かれちゃって……

犬は好き？」

「はい……」

「そう、やっぱり」

当たっていたらさも知っていたように振る舞い、外れていたらただの雑談で終わらせる。コールドリーディングのテクニックだ。香澄にまつわるいくつかの事実をいい当ててみせ、心の内側に踏み込んでいく。

「あなたは……とても明るく社交的な人として周囲に映っている反面、警戒心が強くて他人との間に壁を作ってしまうこともある。強い女性として振る舞っているけれども、不安に苛まれる夜を過ごすこともある……どう、当たっているかしら」

「当たっていると、思います」

断定的な言葉で二面性を指摘された人間は、自分のことをいい当てられたと錯覚してしまうフォアラー効果。当たっていないはずがない。

ここからが勝負だ。

「ちょっと見えたのだけど、あなたには……深い愛情で結ばれた相手がいるわね。前世からの強い強い絆で結ばれた相手が」

二人組のシリアルキラーの多くは男女のカップル、もしくは男同士。つまり共犯者と香澄は、恋人関係にあると考えるのが自然だ。

ただし捜査段階でわかったように、香澄の周辺には男の影が多すぎた。一人ひとりをしらみつぶしに当たっていけばいずれは共犯者に辿り着くのかもしれないが、それでは時間がかかり過ぎる。西野の死体が発見されていない以上は、まだ生存の可能性も残されている。一刻を争う状況だった。

コールドリーディングで香澄の心の奥深くまで入り込み、恋人との強固な絆を断ち切る。マインドコントロール下に置き、恋人が自分を裏切っているのではという疑念を抱かせた上で、共犯者の名前を引き出す。

絵麻は大きな賭けに出ようとしていた。

香澄は口に手をあて、大きく目を見開いている。

肯定か、否定か。

どういう感情の表われなのかと息を呑んだが、次の瞬間には全身から力が抜けた。

「どうして……そんなことまでわかるんですか」

香澄がそういったからだった。感極まったのか、瞳が涙で潤んでいる。共犯者にたいして、相当に強い愛情を抱いているようだ。

「わかるわよ。あなたから強い波動を感じるもの。すごく素敵な人のようね」

「そうなんです。失ったら生きていけないというぐらい、素敵な人なんです」

香澄の瞳孔が大きくなり、瞳がらんらんと輝き始める。西野やそのほかの詐欺被害に遭った男について語るときとは、明らかに異なる表情だ。

湧き上がる嫌悪感を押し留めながら、絵麻は微笑んだ。

「だからあなたは、献身的に尽くしているのね。その人の期待に応えるために。その人の気持ちが、離れてしまうのが怖いから」

それがさまざまな場所で標的を物色する行為なのだろう。

「その通りです。私がなによりも恐れているのは、あの人に失望されてしまうこと……あの人の気持ちが、私から離れてしまうこと」

理解者を演じながら観察を続ける。酸素を求めて香澄の小鼻が膨らみ、唇が震えていた。これまで見せた中でもっとも真に迫る、明白な感情表現だった。

「そうよね……あんなに素敵な人だもの。あなたの気持ちはよくわかる」

緊張が声や表情に出ないように気を配りながら、核心へと迫っていく。

「だから本当は……あまりこういうことをいいたくないのだけど」

はっと顔を上げた香澄が、すがるような眼差しを向けてくる。

「こういうことって……いったい、どういうことなんですか」

「いえない……失ったら生きていけないと思うほど、大切な人なんでしょう。もしも知ってしまったなら、あなたは生きる気力を失ってしまうかもしれないもの」

神妙にかぶりを振ってもったいつけると、予想通りの反応が返ってきた。

「いいえ。教えてください。私は知りたい。あの人のことならすべて知りたいんです」

「覚悟ができているというの」

香澄はしきりに頷き、催促した。

絵麻は肩を上下させ、いったん視線を落とした。長い息とともに顔を上げ、声に真剣さを含ませる。

「その人は……彼はあなたのことを裏切っているわ」

香澄の瞳孔が収縮する。握っていた手の平の温度も、瞬時に下がった。狙い通りだ。

絵麻は手応えをたしかめながら畳みかけた。

「あなたは一途に彼のことを想っている。けれども彼の気持ちは、すでにあなたから離れているのよ。こんなこと、本当はいいたくなかったのだけれど……」

恋人にたいする香澄の信頼は揺らいだはずだ。こうやって少しずつ、少しずつ連帯を破壊していけばいい。裏切られたのならば、自分も裏切ってやるという心理に陥り、やがて共犯者の名前を口にする。真相に辿り着く。

そのはずだった。

しかし香澄の表情から、ふいに動揺が消えた。

「そんなことはありえません。占いはしょせん占いですね。まったく外れています」

唇の端をわずかに吊り上げ、嘲るような笑みを漏らす。

「そんなことはないわ。前世でのあなたたちは――」

「前世なんて関係ありません。私はいまが幸せならばそれでいい。そして私たちはいま現在、深く深く愛し合っています。誰がなんといおうと、それは事実です」

「あなたはそう思っているのかもしれないけれど――」

「私がそう思っていればそれでいいでしょう」

「でも――」

「もう、いいんです」

先ほどまでは熱心に耳を傾けていたのが、突然香澄の興味が消え失せた。

どういうことだ。

やはり付け焼き刃のコールドリーディングで心を操ろうとするのは無謀な試みだったのか。いったんは話に引き込み、信頼を勝ち得たかに思えたが、それすらも香澄の演技だったというのか。

なにをミスした。どこで間違った。

頭の中で会話を反芻する。

「そろそろよろしいですか……もう取り調べは済んだんですよね」

その瞬間、閃きが全身を駆け抜けた。

「待って」

立ち上がった香澄の手首を強く摑む。

「まだ……なにか」

「私の勝ちよ」

小首をかしげる香澄を、上目遣いに見上げた。

「あなたの共犯者が誰なのか……わかったわ」

生きていて、西野――。

香澄と見つめ合いながら、絵麻は願った。

7

西野圭介が目を覚ますと、そこには暗闇があった。

何度瞼を開け閉めしても、視界は黒一色だ。

なんだこりゃ。

呟こうとしても、口から漏れるのはこもった呻きだけだ。手足を動かそうとすると、がちゃがちゃと金属が擦れ、ぶつかる音がする。

そこでようやく思い出した。

西野は椅子に座らされたまま手足を拘束され、目隠しをされ、猿ぐつわを噛まされていた。

ただ、どうしてこうなったのかがわからなかった。

朦朧《もうろう》とした頭で、記憶を掘り返してみる。

楯岡と喧嘩した後、西野は新橋の居酒屋を出ると香澄に電話をかけた。「会いたい」といわれ、タクシーで代官山に向かった。自宅に招かれたのは、出会ってから初めてのことだった。だが西野には、浮かれた気持ちは微塵もなかった。

考えてみれば、楯岡の指摘はもっともだ。香澄が興味を持ってくれているのは、嘘で塗り固めた偽りの自分に過ぎない。貯蓄額や親の資産についての香澄の質問を、ずっと曖昧にはぐらかしてきた。

僕は人を信じたいんです。信じて生きていきたいんです――。

人を信じたい。そういって胸を張った自分が嘘をついているのだから、決定的に矛盾している。

香澄の部屋は豪華な内装のデザイナーズマンションだった。看病しているという病気の父の姿もなかった。そこに至って初めて香澄の身の上話に疑念を抱いたが、身分を偽っていた自分に責める資格などないと思った。

西野は香澄が勧めてくれた赤ワインをいっきに飲み干し、その勢いで話を切り出した。

「香澄ちゃん、ごめん！　おれ、医者じゃないんだ。本当は警視庁の刑事なんだ。ずっと嘘をついていた」

香澄は驚いた様子だったが、すぐに微笑みを取り戻した。つくづく心の綺麗な、自分にはもったいない相手だと思った。

だが、香澄の優しさに甘えるつもりはなかった。甘えてはいけない理由があった。

西野はすべてを吐き出した。途中から思いの丈をぶつける相手が違うと思ったが、止めることはできなかった。

「だからごめん！　おれ、なんだか舞い上がってたけど、本当は香澄ちゃんのこと好きじゃない。たぶん好きにも、なれない」

下げた頭が妙に重かった。新橋の居酒屋でもそれほど飲んでいないし、その部屋に来てからも飲んだのは赤ワイン一杯だけだ。なのに頭が持ち上がらない。

「好きなようにしてくれてかまわない。おれは香澄ちゃんのことを傷つけたんだから……だから、おれのことを殴るなり蹴るる、け、け、あれ……」

ろれつもまわらなくなってきた。頭が沈んでいく。磨きこまれた大理石の床に映り込む自分の顔が近づいてくる。

「そう……わかった。好きなようにさせてもらうわね」

香澄のその言葉を最後に、西野の意識は途絶えた。気づけば身体を拘束されていた。あれからどれぐらいの時間が経過したのだろうか。目隠しをされているせいで昼か夜かもわからず、時間の感覚が曖昧だ。何度か食事が運ばれてきて、そのときだけは猿ぐつわが外される。スプーンで食事を西野の口に押し込む誰かに投げかけた質問は、すべて一方通行に終わった。そして食事を終えるとほどなく意識を失う。どうやら食事の中に、睡眠薬でも混入されているらしい。だからといって食事を拒むつもりはなかった。

できれば眠っているうちに——と西野は考えている。

状況はまったく把握できないが、犯人が生きて自分を解放するつもりがないことぐらいは容易に想像がつく。

家族の顔が浮かび、次いで友人たちの顔が順番に浮かんでは消えた。せめて別れの言葉くらい、いいたかったなあ。頭の中をぐるぐるとまわる思い出が、後悔を募らせる。

最後に浮かんだのは、楯岡の顔だった。

目隠しの内側が熱く湿った。ぬるりとした感触が垂れそうになり、何度も鼻をすった。だが抵抗もむなしく、鼻水が上唇から下唇へと伝い下り、顎に溜まってぽとりと落ちた。

嫌だ……嫌だ。このまま死にたくない。まだやり残したことがたくさんある。

助けて……楯岡さん、助けて!

くぐもった嗚咽を漏らしながら、西野は肩を震わせた。

そのとき、遠くで鍵の外れる音がした。視覚を遮断されているせいか、聴覚はいつもより鋭敏に研ぎ澄まされている。

扉が開き、閉まる。それはこの部屋の扉ではない。もっと遠くの、おそらくはこの建物の玄関から聞こえてきた。

これまでと違い、足音は複数だった。

いったい誰が、なんの目的で。慌ただしく動き回る足音と、いくつかの扉が開閉する音を聞きながら、西野はひたすら身を硬くし、耳を澄ませていた。

次第に大きくなる足音が、部屋の前で止まった。

なにをする気だ。おれをどうする気だ。

西野は必死に仰け反り、酸素を求めて鼻の穴を開いた。

ノブが回り、扉が開く。

その瞬間、四肢を貫いていた緊張の針金が抜かれ、全身が脱力した。涙腺が決壊し、ふたたびあふれ出た涙が暗い視界を湿らせる。

鼻孔がクロエのフレグランスを嗅ぎとったからだった。

「いたぞ！　ここだ！」

数人の足音が部屋に入ってくる。そのうちの一つが近づいてきて、西野の目隠しを乱暴にずり下げた。

久しぶりの光が眩しくて、西野は思わず顔を背けた。いったん目を閉じ、薄目を開けながら光に目を慣らす。そしてゆっくりと顔を正面に向けた。

そこにはにやにやと覗き込む、楯岡の意地の悪い笑顔があった。

「男のくせになあにめそめそしてんのよ、このスカポンタン」

動画を撮影しているのか、楯岡は右手に携帯電話を構えていた。本当に意地の悪い人だ。

それでも自称二十八歳の先輩巡査部長の毒舌が、これほどまで心地よく響いたことはなかった。

8

「お疲れ様でした！」

西野がジョッキをぶつけてくる。必要以上に身体を近づけて密接距離に侵入されるために応じながらつい身を引いてしまう乾杯が、ひどく懐かしく思えた。

「いやあ、今日も一日よく働いた」

ぐびぐびと喉を鳴らした後で、掲げたジョッキに爽快な笑顔を向ける仕草はまるでビールのコマーシャルだ。

「あんた、たいしたことしてないじゃない」

「なにいってんですか。楠木ゆりかと谷田部香澄、おそらく日本の犯罪史上に残るシリアルキラーコンビを完全自供させたんですよ」

「はあ？　自供させたのは私。そもそもあんた、事件の当事者ってことで今回は立ち会ってすらいないでしょう」

香澄の共犯者は、心療内科の主治医である楠木ゆりかだった。

彼はあなたのことを裏切っているわ――。

コールドリーディングによってすべてを見透かされていると錯覚し、着実に心を支配されつつあった香澄の態度を翻させたのは「彼」というキーワードだった。香澄はレズビアンだったのだ。

就業しておらず、さまざまな場所で獲物を物色する生活を送っていた演技性人格障害である香澄の交友関係に、女性はほとんど存在しない。

絵麻はすぐに楠木ゆりかが共犯者であることに気づいた。その名を口にすると、興奮の極みに達したのだろう。香澄のなだめ行動は抗うつ剤程度では抑えられなくなった。

クリニックで患者のカウンセリング中だった楠木ゆりかは、任意同行を求めた捜査員に激しく抵抗した。警察は公務執行妨害罪と暴行罪で緊急逮捕し、家宅捜索の令状を取った上で、彼女の自宅に踏み込んだのだった。

抗うつ剤を倍量服用して取り調べに臨むように指示したのは、私です。香澄ではなく、私が思いついたのです――。

取り調べを受ける楠木ゆりかの口調は恋人をかばうというより、犯行は自らの偉業であると誇るようだった。自己顕示欲の塊であるサイコパスから自供を引き出すのは難しくない。自尊心をくすぐってやると、楠木ゆりかは明らかになっていない犯行まで自供し始めた。レズビアンのシリアルキラーコンビの手にかかった男性の数は、最終的には十二人にも及んだ。

共犯者の自供を知った香澄は、あっさりとすべての犯行を認めた。

「たしかに僕は今回、立ち会ってません。でも……」

そこまでいうと、西野はふふんと得意げに鼻の下を擦った。

「なによ、もったいつけちゃって。相変わらず気持ち悪いわね」

「そういうことをいうかな……相変わらずきついなあ」

西野は嬉しそうに後頭部をかく。

「森永のやつ、取り調べ中に何度も席を外したでしょう」

「うん。そのたびに取り調べが中断して迷惑だったわね。若いのに、やけにトイレが近いなと思ったわ」

そうでないことはわかっている。「トイレに行ってきていいですか」と席を立つ森永の顔は紅潮し、しきりに喉もとを触るなだめ行動を見せていた。被疑者のご機嫌をうかがうような絵麻の取り調べに苛立っていたのは明らかだ。

「そうでしょう。実はあいつ、取調室から出てくるたびに、あんなんで落とせるのかよっ、担当替えてくれって愚痴ってきてね。でも僕が代わってやるわけにはいかないから今回だけは頼むってなだめすかして、取調室に戻らせてたんですよ」

「ふうん、そうなんだ。クソアマ呼ばわりされたんだから、私もあいつと組むのは二度とごめんだけど」

西野がお代わりを要求し、新しいビールのジョッキを手にした。ジョッキの中身を半分ほどに減らしてから、手の甲で口もとを拭う。

「だからね、思ったんです。やっぱり、楯岡さんと組めるのは僕しかいないんだなあって。無力なように見えて、実は僕、楯岡さんの傍若無人な言動に耐えることで取り調べに貢献してるんだなあって。だって僕がいなくなったら、楯岡さんの取り調べに立ち会う刑事がいなくなっちゃうじゃないですか。だから、僕たちはネギマなんです。僕がネギ、楯岡さんは鶏肉。僕がいることで、初めて楯岡さんの能力が引き立つ」

心の底からあきれた。だが、そのあきれた感覚を、絵麻は楽しんだ。

「あんた……ある意味天才ね。認知的要素を結びつけて合理化し、自分に都合のいい結論を導き出す、自己肯定の天才」

「そうです、その通りです。でもそういう人間じゃないと、楯岡さんとずっと一緒にいることはできない……違いますか」

自信たっぷりな流し目が別人のような印象で、思いがけず胸が高鳴った。

「なによ……ずいぶんな物いいじゃない。まるで私が欠陥だらけの人間みたい」

「そうですよ。楯岡さんは欠陥だらけの人間です。その欠陥を補うために、僕がいる」

顔が熱くなる。熱くなるのを意識したら、さらに熱くなった。ジョッキを持ち上げ、いっきにあおる。頬の火照りをアルコールのせいにしようとした。

なぜ犯人たちが絵麻の取り調べの手順を詳細まで知り、対策を立てることができたのか。

西野は拉致された前後の記憶がぽっかりと抜け落ちているようだった。同僚刑事による事情聴取にたいしても、その部分だけは曖昧な供述に終始した。原因は強いストレスを受けたことによる短期記憶障害ということになっている。

しかし香澄を取り調べる過程で、その裏にどういう事情が隠されているのかを、絵麻は悟った。

景気づけに赤ワインを一杯飲んで、別れ話を切り出しました。自分が刑事であることは、たぶん話したと思います。楯岡さんのこと……話したっけな。話したのかな。被疑者が楯岡さんの能力を利用したというなら、僕が話したんでしょうね……なんで楯岡さんの話なんてしたんでしょうね。すいません。意識が朦朧としていて、正直そのあたりあまりよく覚えていないんです——。

そういって首をかしげる西野は、おそらくなだめ行動の展覧会といっていい状態だったに違いない。

「でも、今回はすみませんでした。僕の軽率な行動が原因で、こんな大騒動になってしまって……」

殊勝に頭を下げる西野に手を払う。

「よしてよ、調子狂うから。あんたの軽率はいつものことじゃない。軽率じゃなくなったら、あんたじゃない」

「なにもそこまでいわなくても」

抗議する西野は、しかしまんざらでもなさそうだ。

「それに拉致されたのがあんたじゃなかったら、楠木と谷田部の犯行は発覚しなかったわけだし。ある意味あんたのお手柄よ。あんたの軽率さが、殺されるはずだった誰かの命を救ったの」

「ですよね。やっぱり僕が――」

とたんに笑顔になった西野が身を乗り出してくる。

「だからって調子に乗らないの」

すかさず釘を刺すと、西野はつまらなそうに口をへの字にした。ジョッキを持ち上げ、切なげに虚空を見上げる。

「それにしても、どこにあるのかなあ……僕の幸せ」

「キャバクラにあるじゃない」

「からかわないでください。これでも僕、今回はいろいろ考えさせられたんですから」

不満そうに顔をしかめた西野が、あっ、となにかを思い出した顔になる。

「そういえば楯岡さんのほうはどうなんですか、あいつとは」

電話のことを訊いているらしい。喧嘩したせいで、そういえば話の途中だった。

「うん……ひとまずは、今日で終わり」

両手をカウンターに置いて、絵麻は頷いた。

「えっ……どういうことなんですか。やっぱり、別れちゃったんですか」

さばさばと吹っ切れた様子の横顔を、西野が不思議そうに見つめる。

「やっぱり……って、どういう意味よ」

「え……いや、その、楯岡さんが思っているような意味では……」

しどろもどろに弁解する様子が、絵麻の眉間の皺を消した。ジョッキの中で浮かんでは消える泡を見つめながら、絵麻はいう。

「彼はね、私が電話で話していた山下さんは……実は小平山手署の刑事なの」

「マジですか？　えっ……楯岡さん、そういうのって、どうなんですか。まさか相手には妻子がいたりしませんよね……」

西野が急にあたふたとし始める。

「あんた、根本的に誤解してるから。私は山下さんにある事件の捜査状況を問い合わせていただけ」

「ある事件……って」

絵麻はハンドバッグから四つ折りになった紙を取り出し、西野に開いて見せた。男の似顔絵だった。さらさらの黒髪、切れ長の目と薄い唇に尖った顎。とりたてて特徴のない、どちらかというと印象の薄い顔立ちだが、端正に整っていて、好感を持たれそうな顔でもある。

「これって……」

「あんたも刑事なら、その似顔絵を見たことぐらいあるでしょう。十五年前に小平市で起こった女性教師強姦殺人事件の犯人……山下さんは今もその事件を担当している、唯一の専従捜査員なの」

「この似顔絵には、たしかに見覚えがあります。でも、なんで楯岡さんがこいつを――」

「被害者の栗原裕子は、私の高校時代の担任教師だったから……そしてその似顔絵は、私の証言をもとに作成されているから」

西野は分厚い胸板をわずかに膨らませたまま、動きを止めた。

9

十五年前――。

絵麻は栗原裕子のマンションにいた。テレビを見ながら、裕子の戻りを待っていた。

炬燵《こたつ》の布団をかぶり直し、テーブルの上に並んだ皿から、食べ残しのフライドポテトをつまむ。リモコンでテレビのチャンネルを替えてみると、どの局でも年末の特別番組を放送していた。今年も終わりかという感慨深い気持ちになるし、みんなでわいわいと騒ぎながら観るぶんにはいいが、一人で冷静に観ていると退屈で、どことなく物寂しい気分にもなる。

所在なく立ち上がり、カラーボックスの上のフォトスタンドを手にした。写真の中では婚約者に肩を抱かれた裕子が、安心したような笑顔を浮かべていた。

思った通りの人だった。裕子の婚約者の朴訥《ぼくとつ》とした、誠実さを感じさせる佇まいを思い出し、絵麻は一人にやついた。平凡な見た目、温厚な性格、堅実な将来設計。自分ならけっして恋愛対象として見るタイプではないが、家族を作りたいとひたすら願ってきた裕子が彼を選んだのには頷けるし、三時間ほど一緒に過ごしただけでも、その選択は正解だと実感できた。

窓際に歩み寄り、カーテンを開いて外を見る。静まり返った住宅街の道路を、自転車が走っていた。ハンドルを握る男の口から吐き出される息の白さに、見ているこっちが寒くなりそうだ。

「なにやってんだろ」

絵麻はひとりごちて、テーブルの上に残された裕子のＰＨＳを振り返った。

翌朝も早くから仕事だという婚約者を裕子が見送りに出てから、すでに三十分近くが経過していた。エントランスまで送ってくる程度だと思ったのだが、最寄りの駅まで一緒に行ったのだろうか。

気になったが、部屋を出て確認しに行くことはしなかった。もしも自分が登場すれば、別れを惜しむ二人の会話を邪魔することになる。それに万が一、キスシーンなどを目撃してしまったら、どう反応していいのかわからない。

ふたたび炬燵に潜り込んで、観るともなくテレビを眺めていた。だが、どうにも落ち着かない。そのうちに裕子が部屋を出てから、一時間が経過した。かりに最寄り駅まで見送りに行ったとしても、そろそろ戻って来てもいいころだ。

さすがに心配になり、絵麻は部屋を出た。だが部屋の前にも、エントランスにも人影はない。マンションの周辺を歩き回り、最後には最寄り駅まで行ってみたが、裕子とすれ違うことはなかった。

もしかしたらどこかで行き違ったのだろうか。すでに部屋に戻っているのだろうか。そう思ってマンションに戻り、裕子の部屋のある三階までの階段をのぼった。

部屋に裕子の姿はなかった。途方に暮れたまま、ふたたび部屋を出た。

そのとき、同じフロアにある部屋から男が出てきた。さらさらの髪の毛をした男は、絵麻と同年輩に見えた。だが、「どうかしたの」と声をかけてくる落ち着いた口調で、自分より年上なのだろうと判断した。

訝しげに見つめられ、絵麻は裕子の部屋の扉に目を遣《や》った。男もつられて振り向いた後、得心したように頷く。

「ははあ。あの美人の先生の妹さんかな」

どうしてその言葉に疑問を抱かなかったのだろうと悔やむのは、ずっと後になってからのことだ。そこは単身者向けのマンションで、入居者同士の交流はほとんどなかった。警察官になってから閲覧した当時の捜査資料にも、裕子の顔を知っている入居者はいても、職業まで知っている入居者はいなかったと記されていた。

「妹じゃなくて、教え子です」

絵麻が否定すると、男は拍子抜けしたように肩をすくめた。

「そうなの。きみもすごく綺麗だから、てっきり妹さんかと思った」

一見すると爽やかで好感を持たれそうな笑顔だった。なのに絵麻は、男の瞳の奥に得体の知れない不穏な気配を感じ取った。だが当時は、その正体がわからなかった。生理的に受け付けないタイプだと判断しただけだった。ただ顎を引き、上体を仰け反らせ、踵を後ずさらせて相手からの心理的距離をとろうとした。

「あの先生が、どうかしたの」

「なんでも……ない、です」

「なんでもないって顔じゃないけど」

「本当になんでもないんです。すぐに戻ってくるだろうし」

「戻ってこないのかい」

男が驚いた顔になった。きっと今なら見抜けるはずだ。その表情が、演技だということを。男の発言はすべてが嘘だった。だから自分は、本能的に警戒したに違いない。

「それは心配だね。一緒に探してあげようか」

「大丈夫です」

男が一歩踏み出し、絵麻は一歩後ずさった。

「警察に連絡したほうがいいんじゃない？　よければうちの電話、使うかい」

扉を大きく開きながら、男が招き入れようとした。

「平気です。まだそんなに時間経っていないし、きっとコンビニで立ち読みでもしているんじゃないかな」

後ろに退がり過ぎて、絵麻は背中を外廊下の手すりにぶつけた。

「本当に、大丈夫？」

「はい」

しばらくじっと絵麻を見つめていた男が、やがて頬を緩め、頷いた。

「そうか……わかった。じゃあ……また」

目だけを細める微笑を残して、男は部屋の中に消えた。

その後もしばらくマンションの周囲を探し回ったが、裕子は見つからなかった。部屋にあった裕子のＰＨＳで婚約者に連絡すると、婚約者は警察に通報した。夜通しの捜索にもかかわらず、裕子の居場所はわからなかった。

性的暴行を加えられた裕子の遺体が発見されたのは、五日後のことだ。

遺体の発見場所は、絵麻に声をかけてきた男が住んでいたはずの部屋だった。

10

「それで犯人がいまだに逮捕されていないというのは、変じゃないですか」

西野が疑問を抱くのは当然だった。

「たしかにそうね。同じマンションの住人による犯行ならば……でも、犯人はその部屋にいたというだけで、そのマンションに住んでいたわけではなかった」

絵麻は唇を噛み、ゆっくりとかぶりを振る。

「どういうことですか」

「その部屋は、実際には賃貸契約のなされていない空室だったのよ。扉には電力会社の申込書がぶら下げてあったから、警察もその部屋だけは聞き込みを行なっていない……」

その点に気づけなかったことも、後に絵麻の後悔を膨らませることになった。

「じゃあ犯人はどうやってその部屋に……」

「そのマンションの管理会社は、空室の合鍵を水道メーターのパイプに取り付けられたキーボックスに保管していた。キーボックスはダイヤル式になっていて、三桁の数字を暗証番号に合わせることで開錠する仕組みだった。つまりその三桁の暗証番号さえ知ることができれば、誰でも侵入することができたというわけ」

「それじゃあ……犯人は不動産関係者……」

「というわけでもないみたい。当時の捜査本部もその線で徹底的に調べたようだけど、容疑者らしき人物を見つけることはできなかった……そもそもたった三桁なんだから、関係者じゃなくても時間をかけさえすればいつかは鍵を開けることができるわよね」

「そんな……」

「被害者の死亡推定時刻はその日の深夜から早朝にかけて……つまりさ、私が犯人と接触したとき、先生はまだ生きていたことになる」

翌朝、犯人は涼しい顔で駐輪場に停めていた自転車に跨《また》がり、姿を消したという。その後の足取りはようとして知れない。当然捜査は難航し、やがて特捜本部も解散されて、現在に至っている。

「楯岡さん、だから刑事に……」

「もう終わり終わり」

絵麻は後頭部に手を重ね、椅子の背もたれにふんぞり返って虚勢を張る。

「あの事件、今日で時効なの。こうなった以上、犯人を追ったところでどうにもならない。まさか個人的に復讐するわけにもいかないしね。そんなことが許されるのなら、警察の存在意義がなくなる」

「でも……」

近づいてくる西野の顔は見ないようにした。ビールを飲み干し、ジョッキを掲げる。

「大将、ビールお代わり」

「楯岡さん」

「もう十五年経ったの……十五年も」

自分にいい聞かせてみるが、少しも気分は晴れなかった。法は事件を終わらせるが、心にピリオドが打てるのはいつになるだろう。そんな日は、永遠に訪れないのかもしれない。

心配そうな西野に作り笑顔を向けたところで、ふいに携帯電話が振動した。

小平山手署の山下からだった。

「ちょっとごめん」

西野に断ってから、電話を耳にあてる。

「お疲れ様です」

「楯岡……」

山下も十五年間追い続けた事件が、未解決のまま終焉《しゅうえん》を迎えた悔しさを誰かに吐き出したいのだろう。犯人を捕らえることはできなかったが、年々人員を削られていく中でよくやってくれた。感謝している。

「山下さん、今まで――」

お疲れ様でした。労《ねぎら》いの言葉をかけようとした。もうすぐ還暦を迎える壮年の刑事は、おそらく悔恨を抱えたまま警視庁を去ることになる。

が、山下は絵麻の言葉を最後まで聞こうとしなかった。

「二か月前の世田谷下馬《しもうま》のヤマ、覚えてるか」

そのとき初めて、山下の声に滲む高揚に気づいた。

「え、ええ……」

担当はしていないが、大きく報道されたので覚えている。若い女性が殺害され、元交際相手の男が逮捕された事件だ。被疑者はいったん自供したものの、初公判で自白の強要による冤罪を主張し始めたと聞いた。

「あのヤマ、本当に誤認かもしれない」

「どうしてですか」

「現場から採取された毛髪の中に、十五年前の小平の犯人のＤＮＡと一致するものがあったんだよ」

大きく視界が揺れた。まくしたてる山下の声が、鼓膜を素通りしていく。

じゃあ……また——。

十五年前に聞いた声が生々しく甦り、興奮と恐怖のないまぜになった複雑な感情が、絵麻の背筋を這《は》い上がった。

電話を切り、大きく肩を上下させて呼吸を整える。湿った手の平をおしぼりで拭っていると、西野がおそるおそる覗き込んできた。

「楯岡さん……大丈夫ですか」

緊張が伝わったのだろう。心配そうに眉を下げている。

「大丈夫に決まってるじゃない」

そういって後輩巡査の肩を叩くところまでは、たしかに虚勢だった。

しかしにやりと笑った絵麻は、無意識に指先同士を合わせる『尖塔のポーズ』をとっていた。

「私を……誰だと思ってるの」

初出

第一話　ＹＥＳか脳か　『このミステリーがすごい！　二〇一二年版』　二〇一一年十二月

第二話　近くて遠いディスタンス　別冊宝島「『このミステリーがすごい！』大賞作家書き下ろしｍａｇａｚｉｎｅ」　二〇一二年四月

第三話　私はなんでも知っている　「『このミステリーがすごい！』大賞作家書き下ろしＢＯＯＫ」　二〇一二年八月

第四話　名優は誰だ　書き下ろし

第五話　綺麗な薔薇は棘だらけ　書き下ろし

この物語はフィクションです。もし同一の名称があった場合も、実在する人物、団体等とは一切関係ありません。

宝島社
文庫

サイレント・ヴォイス　行動心理捜査官・楯岡絵麻
（さいれんと・ゔぉいす　こうどうしんりそうさかん・たておかえま）

2012年11月20日　第1刷発行
2012年12月15日　第2刷発行

著　者　佐藤青南
発行人　蓮見清一
発行所　株式会社 宝島社
〒102-8388　東京都千代田区一番町25番地
電話：営業 03(3234)4621／編集 03(3239)0599
http://tkj.jp
振替：00170-1-170829（株）宝島社
印刷・製本　中央精版印刷株式会社

ISBN 978-4-8002-0328-1